草薙秀一 著

大阪環状線

新日本出版社

大阪環状線＊目　次

「しんぶん赤旗」二〇一九年三月二十二日から八月二十七日付まで連載

第一章　中学生

　一九六一年。辻聖一《つじせいいち》が中学三年生の時、国鉄城東線と西成線がつながり、大阪環状線がほぼ完成した。

　旧城東線沿線から東を望むと、生駒《いこま》の山並みを背に家内・中小零細工場や軒の低い家屋がひしめき、瓦やトタン屋根がちぎり絵のように貼りついていた。空襲の跡地に急造されたバラックや工場が多かったせいだった。京橋駅と森ノ宮駅間の一帯はＢ29の爆撃を受けた旧砲兵工廠《こうしよう》跡地で、未だに骨組みだけの工場建物や折れた巨大煙突群、コンクリートの瓦礫《がれき》に、ねじれた鉄線や鉄塊が散乱していた。車窓からの光景は、空襲体験のない聖一にも爆煙と炎に焼きつくされる場面を想像させるのに十分だった。西側台地には、大阪城がうかんで見えた。

　聖一の実家は大阪市東南部の生野区にあり、環状線寺田町駅に近かった。生野区は鶴橋・桃谷・寺田町駅間の東部に位置した路地の町だった。

　聖一は十棟続きの長屋の二階、四畳半の間で寝起きしていた。隅にカーテンで仕切った勉強机があった。一畳ほどの空間が聖一の唯一のプライベートな場所だった。あとの三畳半は物干し場に面しているために、いつも洗濯物や雑多な物が積みあげられていた。他の二間は兄耕一と姉の和江が占めていた。

　聖一は机の前に座りカーテンをひくと、ほっと一息つく気分になれた。今日は試験前なので、とりあえず教科書にあたることにしていた。苦手な数学の問題に気持ちを切り替えたところへ、母親の初江がいきなりカーテンをひいた。初江はカーテンの中へ顔を突っこむと用事をいいつけた。

「ちょっと鶴橋までキムチ買って来てくれるか」

聖一は返事をしなかった。初江は声をとがらせた。

「用事をいいつけたら、勉強するふりをしてからに」

聖一は思わず声を荒らげかけたが、ぐっと飲みこんだ。声にだすと、初江の小言は執拗《しつよう》だった。

「お父ちゃん。あれがなかったら機嫌悪いんや」

初江は聖一の返事も聞かず、そういい捨てて階下におりて行った。

聖一は自転車のペダルを全力で踏み、むしゃくしゃした気分を発散した。前をよく見ていなかった。

「どこ見て走っとるんじゃ。あほんだら」

オート三輪のおっさんに怒鳴られた。初江にいいかえせなかった分、風に向かってわめいた。すこしは胸がすっとした。


聖一の通うI中学校正門前の疎開道路を北に走り、東西の府道を横切って桃谷商店街を抜けると、数分で鶴橋商店街に到着した。鶴橋駅近くの疎開道路を東に折れ、すこしたどった一画には猪飼野《いかいの》地区があり、平野川を挟んだせまい地域だった。在日韓国・朝鮮の人たちが多く暮らし、その人口密度は日本で第一位だった。地区にはトタン板と木切れを張りあわせたような家々が密集し、サンダル製造やゴム製品加工に屑鉄《くずてつ》屋などが営まれていた。

鶴橋駅界隈では焼き肉店が軒を連ね、肉を焙《あぶ》る煙とニンニクのにおいでむせかえるようだった。商店街のせまい通路の両脇に野菜やキムチが並び、魚や肉、牛の臓物《ぞうもつ》もどっさりと店頭にあった。鶴橋駅周辺はそれらのにおいが濃くまじりあったエネルギッシュな町だった。

　聖一が自転車の急ブレーキをかけると鋭い悲鳴みたいな音がした。それが今の聖一の気分に合っていた。汗びっしょりになり、息を荒くしたまま商店街の中に入って行った。

　裸電球のつるされた店先に干物や魚類が並び、呼びこみの声が競うようにあがっていた。

「さあ、さあ。さんまが安いで。脂がのって旨《うま》いで。今晩のおかずにどや」

　魚屋が声を張りあげる横あいから声がかかった。

「まあ、あんちゃん。つまんでみいや。旨かったら買わんかい」

　乾物屋が裂いたスルメを目の前に突きだした。

　聖一は通路にこもっているすえたにおいには息をとめたくなるが、威勢のよい声が飛び交うにぎやかさはきらいではなかった。聖一はいつものおばさんの店の前に立ってキムチを求めた。

「あい。いつもありかとね」

　このおばさんの手作りのキムチは、昆布や海産物のだしがしみこんで味にこくがあり、しゃきしゃきとした歯ごたえとあわせてあきさせなかった。

　聖一が五百円札をだすと、おばさんはエプロンポケットをまさぐったあと、「あい。つり銭たりないよ」とチヂミを焼いている隣の店主に両替を頼んだ。聖一は待っている間、鉄板の上のチヂミのこうばしいにおいにお腹が鳴った。恥ずかしさで下を向いた。

「あいや」

　おばさんは太い体をゆすって膝を打った。

　おばさんは聖一の空腹を知って隣のチヂミ店に声をかけ、一枚包ませた。聖一は受けとってさっそく頬張った。舌がやけどしそうだったが、醤油《しょうゆ》の味ともっちりした食感が口中にほくほくと一杯になった。聖一が礼をいうと、「わたしなあ、いつも来てくれてうれしいんや」。おばさんはしわだらけの顔をよけいにくしゃくしゃにした。聖一が幼稚園児の頃に起こった朝鮮での戦争で息子をなくしているからなおのことだと、隣の店の人が教えてくれた。

祖国のために働くといって帰国し、北朝鮮の兵士になって戦死したという。

聖一はキムチとお釣りを玄関先で初江に手渡すなり、「ちょっとでかけてくるわ」といい捨てた。

「明日から試験やろ。どこに行くんや」

初江の声を無視して自転車に飛び乗った。試験なんかどうでもええ、と投げだしてやろうかと思った。それができそうにもない自分の不甲斐なさに気持ちの持って行き場がなかった。ささいなことにいちいちかんしゃくを起こしてしまう自分がまた嫌になる。こんな時、古川孝二と話すのが一番だった。

古川孝二の家は、環状線寺田町駅の南改札口前から東にのびる商店街のはずれにあった。聖一はお好み焼き店「かよ」の前で自転車をとめた。軒先に赤い提灯がつり下げられ、藍色《あいいろ》ののれんの下がった店だった。開店にはまだ時間があるようだった。

「こんにちは。孝二いますか」

店には孝二の母親の佳代がコの字型のカウンターの中でまな板に向かっていた。店は十人も入れば席が埋まってしまう広さだった。鉄板がカウンターの配置にあわせてはめこまれ、客の目の前でお好み焼きや肉が焼かれた。

「ああ、いらっしゃい。二階にいますよ」

佳代はいつも糊《のり》のきいた真っ白なかっぽう着姿で店に立ち、それが聖一の目には清楚《せいそ》に映った。母の初江と同じ四十歳すぎなのに、どうしてこうも印象が違うのかと不思議だった。聖一は佳代に会うたびに、初江とくらべる目になった。

　何度も訪ねるうちに、その秘密がわかった気がした。何よりも、佳代は透きとおるような肌をしていた。とくに、耳元から首筋にかけての白磁に似たなめらかさが、聖一の目にもまぶしかった。

　初江は佳代と同じで小柄な体をまめに動かし、料理や洗濯、掃除なども手早くすませ、縫い物の内職もしている。その点では働き者だと、聖一は認めている。だが二人には一番の違いがあった。

　佳代は聖一の話にじっくりと耳をかたむけてくれた。初江は話の先回りをしては、「今忙しいんや。あとにしてくれるか」と話を断ち切ってしまった。それでいて用事をいいつける時は、うむをいわさず押しつけた。聖一は初江に気持ちを伝えることに意欲を失くしていた。聖一が孝二を訪ねるのは、佳代の応対のお陰もあった。

　聖一のひと言ごとに、「そうですか。でもね。そういうことはもうすこし大人になったらわかって来るものですよ。私もね、あなたと同じ年頃にはずいぶん悩んだものですよ」とささやくように応じてくれた。聖一はそれだけで胸のつかえがおりた。

「ではおじゃまします」

　聖一は店の奥にある階段をあがっていった。孝二は二階四畳半の間で大の字になって寝転んでいた。部屋は薄暗く、明かりも点けていなかった。眠っているのかもしれない、と思ってようすをうかがった。孝二は目を大きく見開いて天井をにらんでいた。きつく唇を結んでいるので、怒っているようにも見えた。

「すまんなあ、突然に。ちょっと話をしたくなってな」

　聖一は突っ立って孝二を見下ろしながらことわった。孝二は黙って天井を見つめたままだった。聖一は孝二が気分を落ちこませているのを察して「また来るわ」とひき揚げかけた。聖一と孝二は、あうんの呼吸で通じあえた。聖一にはそれが貴重だった。聖一が階段をおりかけると、孝二が起きあがってあぐらをかいた。十月になるというのに、孝二はランニングシャツ姿のままだった。器械体操部員だっただけあって、腕や肩の筋肉がこぶのようなかたまりを見せていた。

孝二は中学生にしては身長が高くて骨組みは太く、肩幅も広かった。肌は佳代に似て色白で、髪はウエーブがかかって淡い茶色を帯びていた。秀でた額のせいか、大きな瞳がくぼんで見えた。鼻梁《びりょう》も高かった。

小学生の時、進駐軍のアメリカ兵との間に生まれた子がクラスにいたので、それを思いだして孝二もそうなのか、とたずねたことがあった。孝二は否定して、「そやけど生まれは満州なんや」と答えた。

聖一はそんな地名をいわれてもピンと来なかった。

孝二は中学三年生になった頃から、「俺、何のために生きてるんやろ」と口にするようになった。孝二とは中学一年生で同じクラスになった。聖一たちは十四学級に編成され、一学級には約五十名の生徒が収容された。

聖一たちが入学すると同時に教室が足りなくなり、工事用の仮設宿舎みたいな建物が校庭の一角に急造された。教室内は隙間もなく机と椅子が並べられ、わずかな余地をすり抜けるようにして出入りしなければならなかった。

当時の中学一年生は、まだ小学生のままの背丈で、骨組みも割り箸で組んだみたいな子が多かった。聖一も胸は洗濯板みたいにごつごつして、身長は百五十センチにも満たなかった。そうした生徒の群れの中で孝二の身長は百七十五センチを超えていた。ウエーブのかかった淡い茶色の髪や、肌が白く彫りの深い顔立ちが人目をひいた。体格や容貌にくわえて成績や品行も模範生だった。朝早く登校しては廊下を掃き、黒板を拭いていた。クラスでは級長を務め、ホームルームでの話しあいをリードした。

聖一にはまぶしすぎる存在でしかなかった。だが、ある事件が孝二と親しくなるきっかけになった。

その日、聖一は昼食後、校庭の隅の砂場近くのベンチに腰かけてぼんやりと空を見あげていた。

「おい、ちび。面切りやがったな」

突然、ドスの利いた声を浴びせられた。

中学校にはふたつの問題児グループがあった。ひとつは在日朝鮮人二世の一部の生徒たちの一団であり、一方は日本人不良生徒たちだった。

日本人不良生徒たちは、「ニンニク臭いガキは朝鮮へ帰れ」と、在日生徒の登下校時を狙ってはいやがらせをくりかえしていた。在日グループは、常に自分たちに注がれる視線に目をぎらつかせていた。聖一は無意識に彼らを刺激してしまったようだった。数人にとり囲まれて砂場に引きずりこまれた。

聖一は首をすくめてうなだれた。

「こら、なめとるんか。俺らとは口も利けんのか」

つばきと、鼓膜が破れるほどの罵声が飛んで来た。

「やってしもたれ。いつも俺らがやられてることの仕返しじゃ」と声をあわせた。

聖一は暴力の予感に思わず泣きだした。

ふいに砂場の向こうから呼びかける声があった。

「おおい、皆。何してるんや。もう教室に戻らな」

在日の生徒がいっせいにふりかえると、大柄な生徒が手招きしていた。それが古川孝二だった。

「何じゃあいつは。ついでにいてしもたろか」

口ぐちにわめいたが一番背の高い生徒が制止した。

「何でやねん。一発かまさな承知できんで」

食ってかかる者がいたが、「もうええというとるやろが」と、腹の底からすごんだ声で押さえた。

「ちぇっ。今度面切りやがったらただではおかんぞ」

おさまりのつかない連中は聖一の頭から砂をかぶせて立ち去った。

「あいつらすぐに喧嘩をふっかけよるからなあ」

孝二は話しかけながら聖一の背中の砂埃《すなぼこり》を払ってくれた。

「あ、ありがとう。助けてくれて」

聖一は意気地なしの自分の姿を見られたことが恥ずかしくて、それ以上ことばがでてこなかった。

あくる日、孝二の登校を待ってあらためて礼をいうと、孝二は「気にするなよ」とあっさりと応じた。

孝二の自宅から学校への道筋の途中に聖一の家はあった。それからはできるだけ登下校をあわせるようになった。聖一はなぜ自分が砂場でからまれたのかわけがわからず、孝二にたずねてみた。

「あいつらな、朝鮮人、朝鮮人といわれて、ものすごく怒っとるんや。そやから、すぐに突っかかりよる。もっといたけど帰還したやつもいるんや」

聖一は「帰還」と聞いて意味をたずねた。

「俺にもようわからんけど、おふくろに聞いたり新聞読むとな、日本にいる朝鮮の人がたくさん北朝鮮に帰ってるそうや。千里馬《チョンリマ》運動で躍進してる祖国でがんばるんや、というてな」

孝二にいわれて、聖一は、同じ国やのに何で北と南の二つにわかれて仲が悪いんやろ、どうして自分の周りには朝鮮の人が多いんやろ、と疑問だらけだった。

「あの背の高い人な、三年生で畠中道夫っていうんや。本名は朴斗換《パクドファン》というて、小学生の頃は俺の近所に住んでたんや。あの頃から体がごっつうてウドの大木とかいわれてようからかわれとったけど、大人しい人やった」

孝二は在日グループのリーダーの生徒の説明をしてくれた。

孝二は小学二年生の終わりに生野区に移って来るまでは大阪市の東隣、布施市の小学校に通っていた。孝二が二年生、畠中が四年生の秋に運動会を間近にひかえて事件は起こった。

運動会の準備のためクラス全員が校庭にでていた。着替えの服やかばんは、教室の自席に置いてあった。入場行進の練習中に畠中が便所に行きたいと申しでると、他の数人も先生の許可を求めた。

「よし、早く済ませて戻ってこい」

畠中たちはそれぞれに便所に向かい、しばらくして順に行進の列に戻ってきた。練習が終わり着替えて一息ついた時、女子児童のひとりが、「かばんの中に入れておいたお金がない」といった。皆は、「お前、忘れてきたんとちがうんか」と最初はからかいぎみだった。先生も「もう一度よく調べてみろ」と再点検を指示した。だがその子は、「今日家をでる時に、帰りに買い物してきて、とお母ちゃんに頼まれたんやもん」と顔を真っ赤にして、最後には泣きだした。

やがて、「もしもやで」と先生が話をひきとって続けた。

「このクラスにそんなことをする子はいないと思うけど、そんなことをした子がいたら、正直にいうてほしいなあ。あとでそっと教えてほしいな」

先生のことばで教室の空気は一変した。それまでためらっていた子どもたちの思いが一点に集まった。

——誰かがお金を盗んだ。泥棒がいる——

畠中と数人が運動会の練習中に抜けたことが皆の頭にうかんだ。

——畠中君はいつも給食費が遅れる。運動靴はいつもつま先の破れたのを履いているし、服だって夏も冬もほとんどかわらない。家の仕事は屑鉄屋やし——

皆の予断が畠中に集まりはじめた。息をつめる気配が教室内に充満した。畠中の顔色がかわり、息が荒くなるのがわかった。

——やっぱりあいつしか、おらへんのとちがうか——

その空気を先生は否定しなかった。先生は教壇からまっすぐ畠中に視線を向けた。

孝二は事件当時の話をして大きなため息をついた。

「誰もなあ、畠中さんの味方になってくれるやつがいなかったんや」

結局、お金の紛失騒ぎの結末は、女子児童のかばんに穴が空いていて、家の玄関先に落ちていたという。

聖一はお金の紛失事件の話を聞いて、畠中の無念さに煮えくりかえる思いがした。

「悔しかったやろなあ」

聖一は思わず吐きだしてから、気になっていたことをたずねた。

「そやけど、砂場で何で畠中さんは古川君に手をださへんかったんやろ。それに古川君は自分も巻きこまれるかもしれんのに、どうして僕を助けたんや」

「俺、弱いもんいじめを見たら黙ってられへんのや。血が頭にのぼってしもて抑えられへん。自分でも何をするかわからへん。それでいつもあとで怖くなって後悔するんや。そんな自分はあんまり好きやない」

聖一は、こんなに正直に自分の気持ちを話してくれる友だちに、はじめて出会った。聖一は孝二の心にふれて胸が鳴った。

孝二はもうひとつの疑問について話してくれた。

「畠中さんにサッカー教えてもろたりして親しかったんや。小学二年生の時、転校して別れたんやけど、この中学に入学して畠中さんにまた出会ってな。畠中さんがいたから、安心してとめる気になったんや」

孝二と畠中のかつての交流を聞かされて、聖一の疑問は解けた。

聖一は孝二と友だちになって、まずはクラスでビリに近い成績を孝二に近づけることを目標にした。帰宅して夕食を挟んで寝るまで、机に向かうようになった。その変化が家族で話題になった。

「聖一は『チロリン村とくるみの木』を見ないんか」

父親の清次郎がテレビ番組の名をあげていった。

「この頃、帰ったら二階でカーテンを閉め切ってしもてからに、何をしてることやら」

聖一は初江のことばにがっかりした。心を入れかえていることをすこしは認めてほしかった。

「この頃、一生けんめい勉強してるで」

姉の和江が声を高くしていってくれた。

「そうか、そらええことやないかい」

清次郎がことばを挟むと、すかさず初江が発した。

「あの子のことや、すぐに気がかわるんと違うか」

聖一は前よりも傷ついた。

「ええ友だちができて、やる気になってるんや」

聖一は意外に和江がよく見てくれていることで気をよくした。それに近所の機械製作所に勤めている兄の耕一がいなくてよかったと思った。耕一は初江以上に、いつも「どうせこいつは何をさせてもあかんからなあ」と鼻先でわらった。聖一は意地でも机にかじりついた。だが、試験結果が発表されると涙がにじんできた。

――僕はがんばっても、やっぱりあかんのやなあ――

「どうしたんや」

聖一は孝二に声をかけられてそっと涙を拭った。孝二はまばたきもせず、聖一の顔を見つめた。心の奥底までのぞきこまれているようだった。孝二は黙ったまま、聖一の肩に手を添えた。その重みが胸にしみた。聖一は思いあまったように数学の答案用紙を孝二の目の前に広げた。

「俺、国語と社会が苦手やから、お前にそれ教えてもらって、俺はお前と一緒に数学の勉強しようか」

孝二が提案した。孝二は苦手やといいながら、それら教科もそれなりに成績がよいのを聖一は知っている。孝二はいつも聖一の気持ちの負担にならないように、そっと手をさしのべてくれた。

週に一度は孝二の家で勉強をするようになった。

孝二の家は、一階にお好み焼き店の間と奥に六畳の部屋があった。食事をしたり、母親の佳代が寝起きする所だった。聖一は、孝二の二階の部屋にはじめて足を踏み入れた時、目をみはった。部屋中にポスターが貼られ、飛行機の模型がいっぱいあった。天井からつり下げられたグライダーが翼を広げてゆれていた。

聖一があきずに見回していると、孝二は「ながめてると、胸がすっとするんや」と目を細めた。聖一は孝二がすっとさせたいことって何だろうと考えた。

「じゃあ、はじめよか」

孝二にいわれて聖一は教科書を開いた。そのページには一次方程式の説明と例題が並んでいた。

「これを通分して移項するとやな。Xイコール……」

孝二の説明にしたがって式を解いているのに、やっぱりこんがらがってきた。

「ああ、僕、やっぱりあかんわ」

聖一は鉛筆を投げだした。

「お前、落ちついてやればわかるはずや」

聖一は指摘されてはっとするものがあった。どうして自分はいつも気がせいてのぼせてしまうのか。ちいさい頃から、「何をさしてもぐずやなあ。もっと早《は》よできんのかいな」と追い立てられ、焦《あせ》るくせがついてしまった。

聖一は髪をかきむしり、うめくようにいった。

「僕はやっぱりあほなんや」

「お前、数学の問題が解けんぐらいで、自分のことを何でそんな風にいうんや。国語の授業でお前がいったこと、ものすごく心に残っているんや。こいつすごいなと思ったんや」

入学して間もなくの国語の時間だった。オー・ヘンリーの『最後の一葉』がとりあげられた。病気でベッドにふせっていた少女が、窓の外の壁につたっているツタの葉をながめ、最後の一葉が散れば自分も死ぬと思いこんでいる。それを知った老画家が激しい風雨に打たれながら一葉を壁に描く。少女はいつまでも散らない一葉をながめて病を乗り越えた。だが雨に打たれた老人は二日後、肺炎で死んでしまう。

先生は、「そのことを知った少女は何といったと思うか」とたずねた。皆は口々に「悲しい、辛いとかいったと思います」と答えた。だが、聖一は「きっと何もいえなかったと思います」と感想をもらした。

「そうだね。本当に深く心打たれたら、ことばはすぐにはでて来ないものだと、先生も思う。辻はそこまでよく読めたなあ」

聖一にははじめての誉れの時だった。孝二は、聖一が一番大切にしている国語の授業での評価を、思いださせてくれた。聖一は先生のことばを、自分にもすこしはよい所があるのだな、と胸奥に秘めてきたのだった。

「ちょっと数学が苦手なだけで自分がだめとかいったら、俺なんか、お前以上にどうしようもないんやで」

孝二はため息をもらした。

「お前、俺のことを何でもできる優等生みたいにいつもいうやろ。俺、そういわれるの好きやないんや。俺、お前にはそんなうわべだけで見てほしくはないんや」

孝二は唇を突きだして、頬をふくらませた。

「俺なあ、人見知りが激しいし。すぐに頭に血がのぼって我慢できんようになって、食ってかかってしまうし。こんな性格、自分でも怖いんや」

孝二のつい激してしまう性格については以前にも聞いていたが、まだ実際には接したことはなかった。孝二の告白に誘われて、聖一も自分の中にあるものを全部吐きだせた。その日から孝二とはもっと親友になった。

第二章　親　友

聖一は孝二のおかげで数学アレルギーが薄まり、成績があがった。同時にスポーツでもがんばった。孝二のような体格になりたい一心だった。聖一は二年生近くなっても背丈がほとんどのびず、細い首筋や棒のような手脚でしかなかった。孝二は器械体操部員で首筋が太く、胸は厚く盛りあがっていた。聖一は入学時、正田美智子さんと皇太子の軽井沢テニスのニュースに影響されて、テニス部に入ったが続かなかった。

やっぱり自分は何をしてもあかんのやなあ、とスポーツの分野でもため息をつくばかりだった。でも、こんな貧弱な体のままでいたくはなかった。自分をいじめ抜いて鍛えるために、柔道部に入部することにした。二年生の新学期になって入部を申しでた。

その時、顧問の先生は、「お前、テニスやっとったんと違うんか。ほんまにやれるんやな」と野太い声で確かめた。聖一は顧問の声で、もやしみたいな体のことだけでなく、他のクラブでがんばれんやつは、どこでもすぐにけつを割りよる根性なしや、といいたいのだと受けとった。

聖一は母親の初江に柔道着の話をした。初江はとたんにいつもの口調になった。

「ラケットをむだにして、今度は柔道着やて。どれも銭が要るんやで。そやけど、お前に柔道ができるんか」

初江はくどいほど念を押した。

夕飯時、清次郎は「大いにやれ」と上機嫌で応じてくれた。

「あんたは聖一のことになると甘いんやから」

そのやりとりに、姉の和江が同じようにかぶせた。

「ほんまや。聖一には甘すぎるわ」

和江は非難めいていった。和江はほとんど初江に同調して、清次郎にはことあるごとに逆らった。和江は高校生になってから、初江以上に男三人の行状に執拗《しつよう》に干渉してくるようになった。

「お父ちゃん、お酒飲んだら調子ええんやから」

清次郎は初江以上に娘の和江をうるさがった。和江は兄の耕一にも、「毎晩遅うて、パチンコばっかりしてからに」と口をとがらせている。だが、初江はなぜか耕一のすることにはほとんど口をださなかった。


入部してしばらくは、受け身や腕立て伏せに腹筋運動、校庭での走りこみなど基礎体力作りばかりだった。今までの聖一ならとっくに音《ね》をあげているところだった。聖一は家族や顧問の先生の手前、それに自分自身への意地のために歯をくいしばった。

三ヶ月もすると、柔道の基本練習の打ちこみや乱取りが許されるようになった。聖一はこの練習の段階になって、自分の非力さを今まで以上に思い知らされた。

相手の左襟首《えりくび》をとり、右袖《そで》をつかむ。絞りこみながらひきつけて足を払い、前後左右にゆさぶりをかける。相手の体が崩れた瞬間、懐に飛びこみ背から巻きこむ。打ちこみの練習はこうした投げの形をひたすらくりかえして体に覚えこませることにあった。

だが、聖一の襟や袖をつかむ力が弱すぎた。きゃしゃな指は襟首の厚い生地を持てあましてすぐにしびれ、手首に力が入らなくなった。実戦の乱取り稽古では、相手にがっちり襟首を絞られて身動きがとれなかった。身をよじると他愛なく転がされた。

　聖一はくやしくて全力で逆襲した。だが、相手の懐に飛びこんで背負い投げを仕かけるが、のしかかられて寝技に持ちこまれた。仰向けのまま頸部《けいぶ》と股《また》を固められて胸部が圧迫され、相手の汗と荒い息を頬や首筋で感じるのは屈辱だった。

　聖一は基礎体力をつけることを自分に課した。腕立て伏せや腹筋運動にバーベル挙げ。懸垂運動とランニング。聖一は汗みずくになりながら、がんばれる自分に満足した。

　三年生になると、聖一はぐんと背がのびて百七十センチ近くになり、腕の力こぶが盛りあがった。大腿の筋肉が太くひき締まった。和江が「あんたがんばってるやん。なあ、お母ちゃん」と初江に同調を求めた。

「高い柔道着買ったんや。続けてもらわな」

　聖一は和江の指摘にちょっぴり胸を張ったが、初江の嫌味に顔をそむけた。

「黒帯とったら、祝いに何ぞ買《こ》うたるさかいにな」

　清次郎は好物のキムチを肴《さかな》に晩酌しながら頬をなで、膝を打った。その横から初江が口をだした。

「調子ええこというて。わてはお金だしませんで」

「お前は、何ぞいうたら銭の話や」

　清次郎が赤ら顔をしゃくるようにして舌打ちした。初江と清次郎のいつもの口喧嘩がはじまった。

　聖一が勉強やスポーツにがんばれたのは孝二のおかげだった。なのに孝二は二年生の終わり頃から双方に意欲を失って、「俺らは何のために生きているんやろ」としきりに口にするようになった。聖一も似たことばをふともらしたことがあった。初江が聞きとがめて一蹴した。

「わけのわからんことをいうてからに。古川君に影響されたんやろ。古川君ともうつきあわんとき。前は優等生でも今は変な子や。近所で夜中に奇声をあげるとか、うわさになってるんやで」

聖一は逆上した。近頃の聖一は、初江をはじめ大人たちのいうことがいちいち疳《かん》にさわった。ふいに気分が落ちこんだかと思うと、喉が裂けるほどに叫びたくなった。孝二と同じように毎日の感情のシーソーゲームに苦しめられるようになっていた。自分の心の動きに重ねると、孝二の気持ちが痛いほど伝わってきた。

——孝二は自分の気持ちを発散しているだけなんや——

聖一は生きている意味がわからなくなって、頭をかきむしる時、孝二のようにふる舞えたら、とうらやましかった。でも自分は胸の中でいぶしているだけだった。

——毎日、おふくろの文句や酒飲んだおやじのぐだぐだした話を聞かされて、和江姉《ね》ぇや耕一兄《に》ぃにいつまでもガキ扱いにされて、自分に何の値打ちがあるんやろ。僕にえらそうにいう割に和江姉ぇは家の用事は手伝わへんし、服装や髪型がどうのと鏡の前で長いこと座っているし、耕一兄ぃは機械いじりをしていたらご機嫌で、そんな面は好きやけど、暇があったらパチンコ店に通って、話すことといったら阪神が勝った、負けたということばかりや。この頃はチンドン屋みたいに顔を塗りたくった女の人とよく駅前を歩いているのを見かける。近所のおっさん、おばはんは人のうわさと悪口を大声でしゃべるし、所かまわず痰つばを吐く。僕はこんな大人になりとうない。ああ、ほんとうに生きる意味って何やろう——

思いっきり爆発してやろうかと思うのに、初江の一喝ですくんでしまう自分がいる。

今日も二学期の中間テストを前に机に向かったのに、それを狙うように初江から鶴橋へキムチを買いに走らされた。拒否したかったが、「たまには家の用事をしたらどうや」と初江のことばが飛んでくることがわかっていた。それを予想するだけで反発心が萎《な》えてしまった。だが気持ちが収まらず、孝二のもとに走らずにはいられなかった。今の孝二はきりりとした印象が失せて、まぶたや頬が不自然に肉厚になったようにむくんでいた。

孝二は「俺、高校も行きたくなくなってな」とかすれ声でいった。聖一はさすがにショックを受けた。

孝二は航空機が好きでその方面に進むための勉強がしたいと、中学一年生の頃からいい続けていた。

「俺、この頃、眠れんのや。夜に公園で歌を唄ってたら、ポリさんに職務質問されて家にまで来られてな」

孝二は告白してから、「俺、狂ってしまうかもしれんわ」とウエーブのかかった髪をわしづかみにした。

聖一は必死に励ますことばをさがした。

「僕は古川と友だちになれて、やっと自分が好きになりかけてんねん。お前のおかげで勉強も運動も頑張る気になれたんや。僕が絶対、元気にならしたる」

聖一は話すうちに、孝二へのいとおしさで熱く激して来るものがあった。孝二は声を上ずらせた。

「俺も同じや。お前と友だちでよかったわ」

聖一には最高のことばだった。聖一はあらためて命がけで孝二を守りたいと思った。

孝二をかえたのは、昨年の出来事がきっかけだった。

事件が起こったのはちょうど一年前、二年生の秋のことだった。きっかけは孝二のクラスの昼食時からはじまった。

「俺、また梅干し弁当や。お前の卵焼きくれや」

やんちゃな生徒がいった。

「いつもそういうて俺のおかずとるんやからなあ」

迫られた生徒は弁当箱を抱えこんだ。それだけならいつものふざけあいだった。だが、横あいから毒を含んだことばを立花崇という生徒が吐いた。

「俺は誰かのニンニクのにおいで食べる気がせんわ」

同調する者がいて、彼らは小柄な在日の男子生徒に視線を集めた。男子生徒は新聞紙に包んだ蒸し芋《いも》をかじっていた。口数がすくなく、教室の隅に貼りついているような生徒だった。

「お前、朝鮮へ帰れや」

立花がいった。教室の後方にいる孝二の耳にも伝わってきた。数人が一緒になって囃《はや》し立てた。

「チョウセン、チョウセン、パカするな」

小柄な生徒は黙って芋をかじっていた。だが、立花に指先で肩をつつかれると、条件反射のように立ち上がってその手を払った。

立花は目をむいて、「何じゃい。やるんか」と巻き舌であごを突きだした。芋をにぎった生徒はうなだれて、席に腰を下ろしてしまった。

立花はからみ続けた。

「ふん、芋ばっかりで、もっとまともなもん食えや」

誰もとめる者がいなかった。

「ええかげんにしたらどうや」

突然、孝二が立ちあがって立花に近づいた。立花は両脚を広げて立ちはだかる姿勢になった。背丈は孝二とかわらず、細身だが筋肉質で敏捷《びんしょう》そうだった。孝二は骨格が太く、がっしりした両肩と厚い胸で押しだしがよかった。孝二が迫ると、立花は「何じゃい。ちょっとからかっただけやないかい」と席に戻ろうとした。それでその場は収まるはずだった。だが、立花の捨てゼリフが孝二を刺激した。

「ふん、チョウセンは皆、泥棒猫みたいなやつらや」

「じ、自分が、い、いわれたらどういう気がするんや」

孝二はのぼせるとどもるくせがあった。血の気のひいた顔色は白蝋《はくろう》のようで、頬や唇の端は引きつってけいれんを起こしていた。

「森ノ宮や京橋で『アパッチ』して鉄屑《てつくず》をかっぱらったり、どぶろく作って、日本の法律破ってるのはあいつらやていうとるわ。お前も『合いの子』と違うんか。そやからチョンコの肩持つんや」

立花は、今度は孝二の顔につばきが飛ぶほどに食ってかかった。孝二はその顔立ちや肌の白さでよく米兵との間《あい》の子と指差されることがあった。聖一が知りあった頃、たずねた時はわらって否定した。だが、たった今のようないい方をされると、怒りで見さかいがつかなくなった。小学時代の同じクラスの女子のお金が紛失した事件をめぐる畠中道夫の無念さへの思いも、噴火のように駆けめぐった。

「謝れ、謝れ」

孝二が一歩、相手との間をつめた時だった。

「わいのダチに文句あるんやったら、わいも相手や」

教室後方から、立花への加勢があった。騒ぎを聞きつけて、他クラスから駆けつけた安田健一だった。孝二はふり向き、まっすぐ安田をにらみつけた。安田は孝二より背は低かったが、坊主頭のがっちりした体格で、中学生とは思えない喧嘩慣れした巻き舌の口調だった。

安田は孝二の胸倉をつかもうとした。孝二は全力でそれを払った。その瞬間、顔面に刃物を突き立てられたような痛みに襲われた。手をあてると、手の平はもちろん、指の間から血が滴り落ちた。ワイシャツの胸元が真っ赤に染まり、床板に点々と広がった。

安田は「舐《な》めやがったら、こうなるんじゃ。覚えとけ」と見栄を切ったが、孝二の血まみれの顔にひるんだようすを見せた。女子生徒の悲鳴や廊下を走る生徒の足音で騒然となった。皆の驚きは孝二が鼻からの鮮血を拭いもせず、殴りかかった生徒に立ち向かっていくことだった。

「おのれ、もう一発やられたいんかい」

安田は強がったが、血まみれの顔面と充血した大きな目で迫って来る孝二にたじたじとしていた。孝二はひたすら、「謝れ、謝れ」ということばをくりかえした。そこへ在日グループの生徒が駆けつけて、「どいつや。こいつか。ようやってくれたのう」と床を踏みならした。乱闘になりかけた。ようやく連絡を受けた教師が飛んできた。

「何やっとるんじゃ、お前らは」

生徒指導担当の大山吉郎の雷みたいな一喝だった。教室中の窓ガラスが割れるかと思うほどの迫力があった。さすがに、今にも殴りあいをはじめようとしていた生徒たちも身をすくませた。

大山吉郎は体育の教師で、戦争中、中国戦線で一人で敵兵十人を倒したのが自慢だった。浅黒い肌で頬骨が高く、下あごが張りだしていた。太い眉下の眼光に射すくめられると、やんちゃな生徒たちも首をすくめてしまった。大山のあとからクラス担任の内原敬介も駆けつけてきた。理科の教科を受け持っている内原は、大山とは違って細面《ほそおもて》の顔に丸眼鏡をかけた物静かな人で、白衣をまとって研究者という雰囲気があった。生徒たちへのことば使いも丁寧で、「お互いを理解するためによく話しあうことがたいせつです」と必ず前置きした。内原のあだ名は〝お話しあい〟で、濃いひげの大山は〝鬼熊〟だった。

「とにかく、早く保健室に行きましょう」

内原は両手いっぱいの鼻紙を差しだしながら孝二をうながした。紙は鮮血を吸いきれず、血が床板に点々と落ちた。大山が紙で拭っては手の平に集めた。

「血はすぐ拭かなとれんのや。誰か雑巾《ぞうきん》持ってこい」

指示する大山にひそひそとした声があがった。

「やっぱり十人も殺しとるから血には慣れとるで」

大山をやゆする声は誰が発したのかはわからなかった。

大山はみっしりとひげに囲まれた厚い唇をゆがめ、「また、お前らやな。騒ぎばっかり起こしやがって」と、一方的に決めつけることばを在日グループに向けて吐いた。

「俺ら、何もしとらんぞ。何を見とるんじゃ」

在日グループがいきり立った。

「大山先生。安田君らが先に手をだしたんです」

孝二は保健室へ向かう足をとめて反論した。孝二は内原がどう対処してくれるのかを聞きたかった。内原は「彼らにも困ったもんです」と眉をしかめただけだった。

「あ、あいつらを、ど、どうするんですか」

孝二ははぐらかされた気持ちでたずねた。

「校長先生ともよく相談してですね」

「僕は先生の意見が聞きたいんです」

内原はさかんに目をしばたたかせるばかりだった。

「だから、校長先生や他の先生たちと相談してみないと、今は何ともいえないですよ。君ならそこのところはわかると思うんだけどなあ」

内原は孝二のそれまでの模範生ぶりを買うようにいったが、孝二は憤懣《ふんまん》を抑えられなかった。

「さ、差別ばっかりして、殴りかかってきたのは、あ、あいつらやのに。そ、相談なんかせんでもわかってる」

内原は、「もういいから、とにかく保健室に行きなさい」と手で払うしぐさをした。孝二は、今度は内原に向かって仁王立ちになった。その背後でさらに激しいわめき声があがった。

「何もしとらん俺らに、またお前らやなって、どういうこっちゃ。先公が差別するんか」

「誰がお前らだけといった。顔をあわせたら喧嘩ばっかりしとるから、両方にいうたんじゃ」

大山のだみ声は今度は効果がなかった。かえって生徒たちを激昂させた。

背の高いリーダー格の生徒、林相俊《イムサンジュン》こと高木哲が大山に歯をむきだした。

「おのれは、わしらを目のかたきにしやがって」

中学生とは思えないドスの利いた声だった。細くつりあがった目元とちいさく渦を巻いたような縮れ毛で、すっかり大人のあんちゃんの雰囲気をそなえていた。孝二の目にはもう卒業してしまった朴《パク》斗換《ドファン》こと畠中道夫の風貌に似て映った。大山は一種のすごみさえ感じさせる高木にはトーンを落とした。

「わしはいつも公平な目でながめとるんじゃ」

「何が公平じゃ。おのれが陰でわしらのことをどういうてるか知らんと思てるんか」

大山の日頃の在日朝鮮人生徒への態度や言動には、高木たちがかみつく通りのことがあった。

大山の部厚い胸や手脚の太さ、四角張ったひげ面の浅黒い顔は、精悍《せいかん》な兵隊だったろうと想像できて、まさに〝鬼熊〟のあだ名がぴったりだった。大山には、それこそがひそかな自負であることは日頃の言動に表れていた。

「わしらはアジア解放のために闘ったんや。大東亜共栄圏というてな。お前らももっと誇りを持て」

体育の授業では、「気合いを入れんかい。そんなことでは支那《しな》や半島人に勝てんぞ」とはっぱをかけた。

巻き舌で大山につめよった高木に、「大声をだすんじゃない」とかえしたが、虚勢を張っているようにしか聞こえなかった。

「殴られた古川に話を聞いてみたらんかい」

高木が孝二の方へあごをしゃくった。孝二は内原に報告した通りに大山に伝えた。

「どや。これでわかったやろう」

高木は胸を張った。だが大山は、「しかし、喧嘩両成敗ということもあるからなあ」と、あごひげをつまんだ。鋭く反応したのは高木たちよりも孝二のほうだった。

「せ、先生。ぼ、僕は、殴られたことを訴えてるんと違うんです。ニ、ニンニクが臭いとか、く、国へ帰れやなんていうことが我慢ならへんのです。チョウセンとか、『合いの子』とか差別するのが悔しいんです」

孝二は感極まったように声を震わせた。大山は当事者の証言ゆえにか、うなずくそぶりを見せて、「安田らには厳重注意しておくから」と話を切りあげようとした。

「待ったれや。うやむやにされてたまるけえ」

高木が大山の前に立ちふさがった。

「何するんや。どかんかい。これから授業があるんや」

大山は高木たちを押しのけようとした。

「はっきりするまで、ここをどかんぞ」

高木たちは大山を阻むために孝二を真ん中にしてスクラムを組みかけた。内原が割って入った。

「まあ、まあ、皆さん。穏やかに話しましょう」

「何や〝お話しあい〟かいや、こんなこと穏やかに話せるけえ、ひっこめ」と口々に叫んだ。高木が、「ちょっと待て。内原先生は古川の担任や。意見を聞こうや」と皆を制止した。

孝二は先ほどの内原のあいまいな態度にもかかわらず、担任としての意見はそれなりに表明してもらえるものと思っていた。だが「やっぱり暴力はいけませんねえ」とまったく答えになっていなかった。

「先生よう。道徳の時間と違うんやど。担任の生徒が血だらけにされとるんやど」

高木の目がカミソリになった。孝二は二人のやりとりに割りこんだ。

「先生はいつも表面ではなく、本質を見なさいといわれてるでしょう。その点からいうたら、安田君らの態度こそトラブルの原因と違うんですか。そこをどうするのか聞きたいです」

孝二に問いただされ、内原は思案気に天井を見あげてから、

「僕もね、それは問題だと思っていますよ」

とちいさい声で答えた。そのとたんに大山が声を太くして口を挟んだ。

「内原先生、そんなこといっていいんですか。安田らにもいい分があるやろし。揉《も》めるには揉めるだけの事情があるちゅうもんですやろ」

内原は大山に強くいわれると、もうひと言も発しなかった。

「このけじめ、先生らのやり方次第では、俺ら絶対に黙っとらんからなあ」

高木たちが最終宣告をすると、「僕もです」と孝二も激しく同調した。そこへ校長先生と教頭先生が外出先から戻ってきた。

「君たちは何を騒いどるんや」

校長と額の秀でた教頭先生が声をあわせた。

校長と教頭の登場でさすがに生徒たちの輪が割れた。内原が校長に耳打ちした。

「君らの話はわかった。どんな事情があるにせよ暴力がいけないことはその通りだ。あとで先生方ともよく相談してけじめをつけるから、今日のところはこれで打ち切りにしてくれるかな」

校長が白髪をかき上げ説得した。教頭は広い額に手をあてて、「頼むわ」とつけ足した。校長や教頭が頭を下げたので、高木たちは孝二の反応を確かめた。孝二がうなずくと、「ほんなら、この話、校長先生に預けとくわ」高木たちは引きあげていった。

数日して、内原から報告があった。

学校としては暴力事件を放置しておけないので、安田健一に厳重に注意しておいたということだった。

孝二は内原の話を聞いて、今後、差別的なことをしないことを約束させたのか、と食い下がったが、内原の答えはあいまいだった。直接、校長にたずねることにした。

校長は机の前で書類に目を通していたが、席を立って迎えてくれた。校長は孝二が成績優秀で、生活態度も他の模範になっていることを承知していて、笑《え》みをうかべ応接のソファに招いた。

孝二は尻をその端に預けただけで、拳を膝上にのせて背をのばした。盛んに舌をなめ、頬を紅潮させている孝二に、校長はそっと席を立ちお茶を淹《い》れてくれた。孝二は一口すると、ようやく落ち着いた。

「あ、あの、ぼ、僕のことで安田君らに注意してもらってありがとうございました」

孝二はぎこちない態度しかとれない自分の不甲斐なさに腹を立てた。

「安田君たちには私から厳重に注意しておいたよ」

校長は大きくうなずきながら、内原と同じ内容しかいわなかった。孝二は内原につめよった内容をもう一度口にした。

「まあ、そうしたことは君たちにはまだまだむずかしい問題だと先生は思うなあ。今はそんなことより、希望の学校に進学できるようにしっかり勉強をがんばることだよ」

孝二ははぐらかされた思いのままクラスに戻った。

その事件はそれで始末がつけられてしまった。孝二はやがて教師たちを罵るようになり、成績も急激に低下していった。


十月の夕暮れ、孝二の部屋は急速に光を失い、空気もひんやりしてきた。それでも孝二はランニングシャツ姿のままあぐらをかいて、天井をにらんでいる。

部屋の中はやがてほぼ光を失った。

「電気を点けてくれるか」

孝二が思いだしたようにいった。聖一が蛍光灯のスイッチに手をのばすと、天井からつり下げられたグライダーの模型にあたった。真っ白な長い翼がゆれて、なぜかそれだけで気分がなごんだ。

「お前にはこれがあるからなあ」

聖一は孝二の航空機と大空への夢にふれた。

「まあなあ」

孝二はしばらくぼんやりとそれを見あげていたが、やがて思いなおしたようにいった。

「ほんとにもう進路を決めないとなあ。俺はやっぱり工業高校に行くつもりや」

孝二が平静な声で話題をかえたので、気持ちが軽くなった。だが、進路のことになると、聖一にも憂うつさが増した。自分はいったい何がしたいのか、と思考がとまってしまった。

母親の初江と父親の清次郎は口を利くとお金のことで揉めていた。清次郎は電気配線の仕事をしているが、指に大けがをしたことがあった。夜中に話しているのを耳にした。初江の声はよく通るので襖越しによく聞こえた。

「給料安いんやから、こんな時ぐらい休みなはれ」

「わしの不注意で起きたんや。若い親方助けたらな」

おやじが舌打ちするのがわかった。

「そやから、あんたはお人好しの甲斐性《かいしょう》なしなんや」

最後には、初江の決めゼリフが飛びだした。聖一は二人のやりとりを耳にするたびに、働く意味について考えこんだ。

清次郎はいい争ったあとはかならず深酒になり、話が愚痴《ぐち》めいた。

「尋常小学校に行っただけで電気工事店に丁稚《でっち》にやられて、一人前になりかけたら兵隊に引っ張られて苦労ばっかりや。ほんま世の中ちゅうもんはな」

初江は台所に立って背を向けたままだった。姉の和江は目をふせてご飯をかきこむと、そそくさと二階にあがった。兄の耕一はほとんど一緒に食事をしなかった。聖一は小学五年生頃まで、食事後も相手をする役割を担わされてきた。姉の和江は中学生になると清次郎のあとには風呂に入らなくなり、おやじの使ったブラシや櫛《くし》にはいっさいふれなくなった。

聖一には清次郎の話で好きなことがひとつあった。

音楽の授業でバッハの曲を聴いて感動したことを伝えると、清次郎は「『マタイ受難曲』なんか最高や」と歌うようにいった。

「お前の年頃に、毎日、親方や兄弟子にどやされて。休みの日に入ったミルクホールで耳にしたんがバッハの『G線上のアリア』という曲やった。涙がとまらんかった。それからやな。バッハはもちろんモーツアルトやショパンのレコード集めてな」

清次郎の顔が酒のせいだけでなく上気しているようだった。小造りだが鼻筋が通った細面の顔立ちがひき締まって見えた。

清次郎の顔立ちについて今まであまり気づかなかったが、形よく丸みをおびた額や、その生え際のきれいに梳《す》かれた髪が黒々として艶《つや》やかに光っていた。

聖一はおやじって意外に男前なんや、とはじめて発見した思いだった。姉ちゃんのつんとした小鼻や、やはり細面で切れ長な目はおやじにそっくりや、とこれもあらためて確かめる目になった。聖一はなぜかそれが新鮮に思えてうれしくなった。それに清次郎とこうした話ができることが一番胸に来た。その横あいから、「職人がクラシック音楽でっか」、と初江が茶々を入れた。これで、清次郎とのいい時間がぶちこわしになった。

清次郎は、「お前は、芸術的な方面が合っとるんと違うか。お前がそうしたいんなら、応援したるさかいにな」といってくれた。聖一は漠然としていたが、清次郎のいう方向にすすみたいと思っていた。だが、初江は強硬に反対した。

「そんなことというてたらあんたも一生甲斐性なしや」

聖一は反発しながらも、やはり動揺してしまう。

「僕は何がしたいのかようわからんけど、僕でないとできないことがしたい」

聖一は孝二に話しながら、気持ちが焦げて来た。

「俺はとにかく工業高校で勉強してみて、面白くなかったらすぐに退学するつもりや。それで生きることがつまらんと思ったら、これしたらいいんや」

孝二は首に手刀をあてて横にひいた。聖一はどきりとした。

「どうせ人間、早いか遅いかやろ」

孝二は今までどんよりしていた表情に不敵な笑みをうかべた。聖一は孝二の自死のしぐさにそこまでは考えられなかったが、ひとつの発見をした思いがあった。

――そうか、それも手やな――

その直後に強く頭をふった。

「びっくりするこというなよ」

聖一は自分の気持ちに一瞬ひやっとしながら、冗談めかしてその話を吹き飛ばそうとした。だが孝二は先ほどの笑みを消して、まっすぐ聖一を見つめた。

「本気でいってるつもりや。つまらん人生やと思ったら、自分でけりをつけたらええんや」

「僕は、それってちょっと違うと思うけどなあ」

聖一は孝二にはじめて反発するものを覚えた。

聖一は孝二がいなくなったらと、想像するだけで胸が押しつぶされそうになった。

「病気や事故と、自分で死ぬのとは全然違うやろ」

聖一はすこし怒った口ぶりをまじえた。

「まあな。でもつまらんやつが多すぎるし。内原や大山はあれで先生かと思うと、最低や」

孝二はくせになっている鼻をつまむしぐさをした。

「何や、俺のうっとうしい話ばっかりにつきあわせてしもてからに、すまんなあ」

孝二は髪をかきむしるしぐさをして軽口めいた。

「ところで、金城啓子《かねしろけいこ》のことはその後、どうなんや」

聖一はふいに話題をかえられてどぎまぎした。金城啓子。その名を耳にするだけで動悸《どうき》がした。黒ぐろとしたショートカットの髪に、濃い眉とその下に二重まぶたの大きな瞳があった。肌は透き通るように白くて、豊かな頬や額がすべすべと光っている。紺のセーラー服姿が近づいてくると、聖一は目のやり場に困った。

孝二は好意を持っている女子生徒に対してもぶっきら棒な口を利いた。聖一は孝二の態度を目にするにつけ、自分はどうして金城啓子を前にして自然にふる舞えないんだろう、と腕組みをしてしまう。

「辻は自意識過剰なんやなあ」

孝二は聖一の性格をひと言でいった。聖一は意味がわからなくて首をかしげた。

「辻は自分がどう思われているか気にしすぎなんや」

聖一は孝二に指摘されて、ますます首をたれた。

「俺は人にどう思われようと気にならんけど、辻はそれを気にしすぎて、びくびくしてる所があるで」

聖一は孝二のいうことがようやくのみこめた。

自意識過剰。聖一は最近、自分自身を強く縛るものを感じていた。

「僕は、だめな人間なんや。そやけどそう思われたくもないし。僕は、こんな自分が一番きらいや」

聖一は告白しながら、周りの視線に敏感になっていることに思いあたった。

皆が僕のことを見ている。教室中の目で監視されている。視線の糸に緊縛されて全身が硬直してゆく。そうした意識に襲われると身じろぎもできなくなり、冷や汗ばかりがじくじくと湧いてくる。そんな自分を解き放つために、突然に奇声を発したり、校庭で汗みずくになって体を動かさなければならなかった。

聖一の告白に、孝二は自分の性格とも重ねて助言してくれた。

「人がどう思うかなんて気にしてたら、しんどうてかなわんで。俺は思ったらまっすぐぶつけてしまうわ」

「わかってるけど、自分でもどうにもならんのや」

聖一は人前で固まってしまう心の動きを地団太《じだんだ》踏むように吐きだした。

「まあ、自分で自分がどうにもならんちゅうのは難儀なことやなあ」

孝二は大人びた口を利いてあごをなでた。

「あのなあ。金城かて屁《へ》もこくし、糞《くそ》もしよるんや。そう考えるようにしたら平気で話せるで」

孝二のたとえはむきだしにすぎた。聖一にとっての金城は女神でなければならなかった。だが、孝二はさらに露骨になった。

「お前、女の体がどうなっとるか知っとるか。月一回生理があってやな、ここから血がでて来るんや」

孝二はそういって自分の股間《こかん》を指さした。

「オッパイかて、それがはじまると大人の女みたいにふくらんでやな」

孝二の口調は淡々としていたが、聖一はこめかみや心臓がどぎつく脈打ち、頬から火が噴きだしそうだった。何よりも困ったのは、あぐらを組んだ脚のつけ根でぐんぐんととがってくるものがあることだった。聖一は必死で自分の体の変化を隠そうとした。

孝二は立ちあがって、押し入れの奥から一冊の雑誌をとりだした。

「お前、これ貸したるわ」

孝二は雑誌のページを広げた。聖一は紙面の写真が強烈に目に焼きつけられた。女性のあらわな姿態が聖一を沸騰させた。聖一はそれまでもそうしたことへの関心がきざしていたが、まだ淡いものだった。自分の体の中でうごめきはじめている変化に違和感を覚えるようになってはいたが、たった今のは突然の噴火だった。内心ではそれをわしづかみにして持って帰りたかった。だが、聖一の頭に電撃的にひらめいたのは、母親の初江の顔だった。もし見つかりでもしたら、と頭がいっぱいになった。初江は勉強机の中やふれてほしくない物を勝手にひっくりかえしては整理してしまうのだ。

以前、兄の耕一が初江に食ってかかっているのを耳にしたことがあった。

耕一は巻き舌ですごんでいた。耕一はその頃、アロハシャツを着て、角刈《かくが》りの頭髪だったので街のチンピラ風に見えた。

「俺の部屋に入るなっていったやろ。今度、勝手にさわったら承知せんからなあ」

「ちっとも片づけへんから掃除しただけや」

「俺の部屋じゃ。ほっとけ」

初江は聖一が耕一のような物言いをしたら絶対許さなかった。なのに耕一には、「ほんなら、これからはちょっとは片づけや」とひき下がってしまった。扱いの違いに納得がいかなかった。それはとにかく、初江が階下におりて行ったあと、聖一がそっと耕一の部屋をのぞくと、すっかり整頓されていた。聖一はその場面を思いだして目の前の雑誌には手がでなかった。でも、何とかして持ち帰りたかった。

「表紙に『問題集』とか書いて貼っといたらええんや」

孝二は聖一の思案を図星でいった。孝二がさらに自慰のことまで口にすると、汚れてゆく自分を突きつけられているようで、耳をふさぎたかった。聖一はそのせいもあって、そろそろ退散しようと思った。

「ほな、僕、帰るわ。ああ、数学の試験嫌やなあ」

聖一は胸の中に赤黒くとぐろを巻いているものを一掃するように立ちあがったが、孝二は「おふくろも男好きするタイプやから、いろいろあるんや」とひとりごちるようにもらした。聖一には孝二のいいたいことの意味がつかめなかったが、その響きから秘密めいたものを嗅《か》ぎとった。聖一は黙ったまま階段をおりようとした。ちょうどその時、階下から佳代の声がした。

「お肉焼けたから食べにいらっしゃい」

聖一は返事に迷った。母親の初江にはすぐに帰る、といって家をでてきたのだ。以前に、勧められるままにご馳走《ちそう》になって家の玄関先に立つなり、とがった声が飛んできた。

「連絡もせんと、夕食時分によその家に行ってよばれて来て、いやらしい子や」

そのことを思いだして、まっすぐ帰ろうと思った。そう決めた聖一に孝二が、「一緒に、食おうや」といった。その声には、もうちょっと話していかないか、というニュアンスがこめられていた。

第三章　親友の母

孝二は食事している時にはよくしゃべった。気分が沈みこんで見える時でも、よく食べて飲んだ。孝二の発達したあごに丈夫な白い歯。野菜や肉をかみ、咬筋《こうきん》がぐりぐりと動く表情を見ていると、やっぱりたくましい孝二のイメージが戻ってきた。孝二は一気に吐きだすようにひとりしゃべった。

「この人、昼間全然口も利かなかったのに、今は辻さんの前でまくし立ててね。この頃、気分の浮き沈みが激しいんだから。気をつけてもらわないと」

佳代は聖一に訴えるようにことばを継いだ。

「この人、辻さんと話すとね、うっとうしい顔していても、こんなに威勢がよくなるんですよ」

そのことばで、佳代も歓迎してくれていることがよくわかった。佳代は野菜と肉を追加した。

聖一は野菜ぎらいだが肉には目がなかった。佳代の焼肉のタレはレモンに塩味、みりんに醤油《しょうゆ》とゴマ味をくわえた二種類があった。肉はかむたびにたっぷりとした旨味が口中にあふれた。聖一は、今夜の家の夕飯のお惣菜《そうざい》はカボチャの煮付けにコロッケか鰯《いわし》の焼き物だろうな、と想像して、初江に何といわれようとこちらを選んでよかったと思った。

「さあ、辻さんどんどん食べてね」

佳代は遠慮がちな聖一にはっぱをかけた。

「こいつ、案外気ぃ使いなんや」

孝二がもらすと、聖一は思わずことばをかえした。

「古川君は間違ったことには絶対黙っていないけど、それでいてものすごく優しいんです。僕は人の目ばっかり気にして、調子をあわせてしまう所があるんです。古川君と違って狡《ずる》いというか。そんな自分は好きになれません」

聖一は自分の性格をこんなふうに自覚したことがなかった。それは思わぬ発見だった。孝二や佳代と話していると、こうして自分というものを見せてもらえて、ちょっぴり大人になってゆく気がした。

「この人ね、辻さんのいうように、我慢のできないことがあると誰にでも突っかかっていって、はらはらさせられるんですよ。人がどう思おうと好きなことをいうでしょう」

佳代は聖一に話しかけながら、孝二に向かっていい聞かすように続けた。

「なのに人見知りで、他では食事もしないいんですよ。食事を一緒に摂るのは辻さんくらいなものですよ」

佳代は孝二の顔をつくづくとながめてから、聖一に向かってため息をもらした。

佳代は孝二の性格分析を続けた。

「この人の性格、もうすこし融通が利かないかなと思うんですが、辻さんがこうしていろいろ話してくれると、私も聞かせてもらえてありがたいんです」

「おふくろ、しゃべりすぎやで」

孝二は照れ隠しのためか、顔をしかめた。

「だってねえ。辻さんと話しているとね、あなたのことがいろいろわかりますからねえ」と佳代は同じ席に腰をおろした。聖一は佳代と孝二の表情を見くらべ、自分も母親とこんな雰囲気で話ができたら、とうらやましかった。佳代は話しながら、日本舞踊のしぐさのような身ぶりをまじえるくせがあった。薄く刷《は》かれた頬紅に、淡くそめて梳《す》かれた繊細な髪の毛。唇は濃い朱色で濡れたように光って見えた。あまりにも自分の母親の雰囲気とは違っている。以前にそのことをふと口にした時、母親の初江は縫い物の手をとめて、突然の剣幕でいった。

「うちと水商売の女の人と違うのはあたりまえや。お前も白粉《おしろい》つけた女にだまされる口なんか」

聖一は初江が目をつりあげるわけがわからなかった。が、近頃、夜中に手洗い場に立った折など、初江と清次郎がいい争う声を耳にすることがあった。

「ええ歳してからに、あんな飲み屋の女と」

その声のとたんに何かがぶつかる音がした。

「わしが女将と何やて。変なこというな」

聖一は二人の押し殺したやりとりを思いだした。孝二のことばもうかんできた。

「おふくろも男好きするタイプやから」

聖一は、大人になるというのはややこしいことなんやなと、憂鬱《ゆううつ》になった。

聖一は初江が、「水商売の女」と口にしたあと、「それに片親やから、」といい募ったことが許せなかった。

初江のいいたいことは、世間様とはちょっと違った親子という意味だった。初江は二重に二人を侮辱したのだ。聖一は心の中で初江のことばを訂正するような何かをいいたかった。

「お前、何や考えこんでしもてからに」

孝二が茶化すようにいった。聖一はそれにうながされるようにぽつりともらした。

「僕は、古川とこ、ええと思う」

「何が、ええやて」

　孝二がたずねかえした。

　聖一は初江への普段の不満を口にした。

「古川君のおふくろさんは話を聞いてくれるし。僕らを大人扱いしてくれて、うちとは全然違います」

　佳代は正座した膝の上で両手を重ね、聖一の一言ひとことにゆっくりと耳をかたむけてくれた。聖一はそのせいで胸の内にたまっているものを自然と吐きだせた。でも、ふと恥ずかしさがこみあげてきた。

「僕、おふくろの悪口ばっかりいうてしもて」

　聖一は母親への陰口を並べすぎたな、と後悔した。

「あなたはねえ、お母さんが大好きなんですよ。だからその気持ちに充分応えてくれないお母さんにいっぱい不満が湧いてくるんです」

　聖一は佳代にいわれて胸の内でくりかえした。

　――僕の話なんかまともに聞いてくれたことがない――

　虐めを受けた時、初江に訴えたことがあった。かえってきたのは、「あんたがぐずぐずしてるからや」とはっぱをかけるだけだった。聖一は、その時から初江に期待する気持ちがしぼんでしまった。

「おふくろは、僕のことなんかどうでもええんです。いっつもがみがみいうだけで」

「辻さんねえ、母親にとってね、どうでもいい子なんかいないんだからね」

　佳代は静かだが、強い声でいった。

「辻さんもねえ、もう中学三年生なんだから、もうすこしお母さんの気持ちを考えてあげてもいいと思いますよ」

初江は「中学生」をガキの代名詞みたいに口にした。

でも佳代は大人の自覚をうながすものとしていった。

「お母さん、苦労されているんですよ。戦争の時代をくぐって来たお母さんは皆、本当に大変な目にあってきたんです。お父さんは兵隊にとられている。空襲で逃げまどう。田舎に疎開して慣れない土地で肩身のせまい思いをする。戦争中はもちろんねえ、戦争が終わっても本当にあなたたちに食べさす物がなくて、お母さん必死だったと思います。日本中のねえ、お母さんたちはたいていそうした体験をさせられてきたんです。この人のねえ、すぐ上の姉や兄もねえ」

佳代はそっと部屋の奥の棚に目をやった。そこには額に収められた女の子の写真があった。孝二に似て目鼻立ちのはっきりした色白の顔だった。おかっぱ頭のその子は、あごを反らすようにして白い歯をのぞかせ、満面に笑《え》みをうかべていた。

佳代は満州の地で餓死した娘のことや避難民のことを話してくれた。

「ひき揚げる時にねえ、食べ物もなくて、最後には泣くこともできないで私の腕の中で死んでいきました」

姿勢のよい佳代が肩を落とし背を丸めたので、聖一はそれだけで胸奥がきゅんとひき締まった。でも、悲惨な戦争体験なのに佳代は笑みさえうかべて語った。

「哀しいとか、今なら耐えられそうにもない感情を抱く余裕もなくて、心が石みたいになって。何しろ毎日何人もの人が路傍で死んでゆくのを見ていると」

佳代はことばをとぎらせて胸元に手を添えた。

「とにかくねえ、この人がお腹にいましたし、他に兄ちゃん二人ともうひとりの姉がいましたから必死でした。帰国船に乗る前に孝二が生まれて、どうにか日本に帰りついたと思ったら、二番目の兄ちゃんが病気で亡くなって、そこへお父さんの戦死が知らされるわで、ただ必死でした」

佳代はここでふいにことばの調子をかえた。

「あらあら、よけいな話をしてしまいました。とにかくね、私が辻さんにいいたかったのは、あなたのお母さんも必死であなたたちを守るために生きて来られたということを、わかってあげてほしいんです」

聖一はそのひと言ひとことが胸奥にしみてきた。聖一は両親からもくりかえし戦争の話を聞かされて来た。

父親の清次郎は晩酌の杯を重ねるにつれ、かならずといってよいほど軍隊生活の話を持ちだし、最後には内務班での上官による暴力的制裁を罵った。

「わしら一兵卒なんかは、人間扱いせんのが日本の軍隊やった。戦争さえなかったらなあ」

清次郎は最後にはそのセリフを吐いて、あとは愚痴《ぐち》っぽくなった。あきあきするほどの毎日のくり言だった。初江は酒の席での清次郎のくどい話を嫌がったが、時折、自分の体験も語った。

「あんたは生まれてなかったけど、お父ちゃんは兵隊にいってしもて、うちはちいちゃい和江を連れて空襲の下を逃げまどうて、一番大変やったのは、食べ物がなくて、あんたが生まれた時には母乳もでなくて、飯汁をミルク代わりにしたけど、死にかけて葬式の用意をしかけたこともあるんや」

聖一には、両親の話になぜか兄耕一の名前がでてこないことがひっかかっていた。

聖一には両親の話は苦労の押し売りにしか響いてこなかった。なのに、佳代の静かな口調と具体的な話は戦争のイメージが肌身に迫ってくるものがあった。聖一は駅頭や路上で金銭を乞う手足のない白衣の傷痍《しょうい》軍人の姿を目撃し、瓦礫《がれき》のまま放置してある爆撃跡が何ヶ所もあるのを知っていた。近所の人たちも戦争に関わりのない人たちはひとりもいなかった。

近所のコロッケ屋のおっちゃんは片足をひきずるようにして歩いていた。中国の戦場で足首を撃ち抜かれた、といっていた。数軒隣りのおばちゃんは、息子四人のうち三人が中国と太平洋の島で戦死したという。十軒ほどの長屋の人びとが空襲の体験を話しだすと、「もうあんな思いはこりごりや」と叫ぶようにいった。ある人は、森ノ宮駅から京橋駅間の沿線地帯に広がる砲兵工廠《こうしょう》の爆撃のことを話してくれた。

大阪への大きな空襲は七回あった。市民への無差別の爆撃だったが、大砲などを造るアジア最大の陸軍兵器工場は毎回狙われた。だが、充分成功せず、八回目となった一九四五年八月十四日昼からの大空襲では、一トン爆弾が集中して落とされ、そこは鉄とコンクリートの荒野になってしまった。

近所の空襲の跡地は、小学生の頃までは聖一たちの絶好の遊び場になっていたが、戦災の爪跡という実感はなかった。佳代の口から語られると、手の平に汗がにじみ、動悸《どうき》さえ覚えて聞き入ってしまった。なぜなのか、聖一にもわからなかった。でも、満州で飢えと寒さに苦しんだ佳代のお腹の中には孝二がいた。もしかすると、孝二が生まれていなかったのかもしれないと想像すると、わけもなく哀しくなった。

――孝二のいない毎日なんて――

その思いが今まで聞かされてきた話や目にしてきた瓦礫跡と重なって、はじめて強い印象をやきつけられた。

とくに空襲のすさまじさについては、砲兵工廠跡地の残骸風景を目にうかべるだけで充分だった。

森ノ宮駅から京橋駅間にさしかかるたびに、その破壊跡が車窓いっぱいに目に飛びこんできた。戦後、十数年。聖一が中学三年生になった今もまったくそれはかわらなかった。聖一は小学生時代から友だちとよくそこにでかけた。目的は鉄屑拾いと探検ごっこだった。その頃、新聞で「日本アパッチ族出没する」と盛んに報道されていた。

ある時、友だちがいった。

「おい、辻。アパッチ族って知ってるか。鉄屑や銅《あか》を狙って夜中に盗みに行きよるから、アパッチ族というんや」

友だちは父ちゃんに聞いたと得意気だった。

「辻。あそこへ行かへんか」

友だちは鉄屑拾いに砲兵工廠跡地に誘った。校区外にでかけるのは禁止されているのでためらったが、友だちのひと言でその気になった。

「あのなあ、銅拾ったら鉄なんかと違《ちご》て何倍にも売れるんやぞ」

聖一はそのことばですばやく計算してしまった。いつもながめているだけのミルクキャラメルやカステラ。それにチョコレートが買える。それらが頭にひらめいただけで聖一は断然その気になった。

森ノ宮駅を降りて広い道を渡ると、すぐに漠とした広がりがあった。聖一の背丈以上のコンクリートの残骸とその巨塊の中から、鉄線が幾本もねじれて飛びだしていた。レンガやタイル、陶器片が散乱し、鉄箱も転がって雑草がそれらの間からのびていた。京橋駅の方を望むと折れた煙突に骨組みだけの工場が残っていて、鉄骨のすべてが赤茶けた粉を吹きつけたような錆色をしていた。足元の土は小麦粉のようなきめ細かさで、数歩進むだけでズボンの裾は真っ白になった。他の場所の土と違うので、父親にたずねてみたことがあった。

「高温で焼かれるとなあ、土は灰みたいになるんや。あそこには不発弾があって、それも一トン爆弾でなあ。あれが落ちたら工場なんか一発で消えてしまいよる。京橋駅ではあの爆弾の直撃で、電車の乗客がいっぺんに二百人も死んでしもたんや」と空襲の話をしてくれた。聖一は地面をまさぐりながら、この下にそんなに大きな爆弾がまだ眠っているんやな、と冒険心みたいなものがふくらんだ。

「おい、やったで」

友だちは手の中の戦利品を突きだして見せた。太い銅線のコイルの塊だった。聖一は目を輝かせた。それだけで想い描いたお菓子が買えるのだ。聖一たちは夢中になって宝物を探し回った。気がつくと日が沈みかけていた。荒れ地の西の高台に大阪城がぽつんと乗っかっていた。

真っ赤な夕陽を浴びて血色に空に突きあげている鉄材やコンクリート片が、聖一の目に人影に映った。聖一はふいに父親の話を思いだした。

「爆弾で体がばらばらになって死んだ人が多い所やから、幽霊がでるといううわさがあるんや」

聖一は首をすくめた。

「もう、帰ろ」

「今日は調子がええんや。もうちょっとがんばるで」

友だちは聞く耳を持たなかった。聖一の首筋に生暖かい風が吹いてきた。薄きみ悪い感触だった。聖一は心細く、泣きたくなった。それでも聖一は銅などの成果に味を占めたのと、転がっている鉄の箱の中をのぞいたり、へしゃげたパイプ類が何に使われていたのかを観察したりすることが楽しくて、何度もそこに入りこんだ。何よりも荒廃した広場の中に立つと、冒険心が満たされた。

聖一が砲兵工廠跡地で遊んだ小学生時代のことを佳代の話に重ねて思いだしていると、

「戦争を体験した私たちは、つい苦労話をしてしまって。それにお母さんのことも説教じみちゃって。ごめんなさいねえ」

佳代はちいさく頭をかしげてわびるようにいった。

「いえ、僕はもっと聞きたいです」

聖一が身を乗りだすようにすると、「俺も聞きたいわ。おふくろ、満州でのことや戦争の話はあんまりしたことないで」

孝二も傍らから佳代の話をうながした。佳代は二人の声にことばを続けた。

「若いあなたたちには苦労の押しつけ話みたいになるんじゃないかと思えて、もうすこし大きくなったら色々と話して置かないと、とは思っていました」

佳代は一点を見つめる目になり、やがてかつての日々をふりかえってくれた。


一九二〇年生まれの佳代は、介する人があって十八歳で満州のハルビンに渡り、時計職人と結婚した。ハルビンはヨーロッパみたいな印象が強い街だった。近くには幅二キロもある松花江《しょうかこう》という川があってよくそこで舟遊びもした。

佳代の一家はハルビン駅の近くで時計店を開き、軍人や役人、満鉄の職員、現地の人や欧米の人たちの客も多く、二人の現地人を雇い繁盛していた。男の子二人と女の子二人を授かり、当初は、いい暮らしができて、満州にきてよかったと思ったものだった。

佳代は、日本の人たちは現地の雇人を何かというと殴りつけ、安い給料で働かせていた、といった。

「この人のお父さんが軍隊に召集されてからも、うちでは現地の人はかわりなくよく働いてくれていましたが、半年後に突然のソ連の宣戦布告で地獄がはじまりました。その時には、この人がお腹の中にいて、それにちいさな子を四人抱えていました」

聖一は佳代の苦難をまばたきもせずに聞いた。

「それでも私たちは幸運でした。ハルビン駅の近くに住んでいて、奥地の開拓村の人たちのように何ヶ月も荒野をさまよわなくてもすんだんですからね。それに日本に帰還するまでの間、店で雇っていた現地の人たちにも助けられました。日本の敗戦で現地の人たちはそれまでの恨みを爆発させて、夜になるとね、現地人の足音やわめき声が地響きみたいに伝わって来て、朝、そっと外の通りをうかがうと、何軒もの家が焼き打ちされ、一家全員が殺された所もありました。私たちの家にもいつなだれこんでくるか。もう息さえできませんでしたね」

佳代は暴動の夜をよみがえらせたのか、両手で肩を抱いた。聖一は襲撃される予感に凍りついている佳代一家の姿が息づまるほどに想像できた。

――どうして佳代さんたちは助かったんだろう――

聖一は早く知りたくて身を乗りだした。

「騒ぎが収まってから、雇っていた現地の人たちがやってきていうんです。古川さんには本当によくしてもらって、母親が病気だというと大変気にかけてくれて、私だけじゃなくて子どもや女房の誕生日にまで祝い金をもらって、と恩義に感じていて、あそこは避けろと現地の人たちの間で話していたそうです」

聖一にも一家が無事だった理由が理解できた。

「この人のお父さんに感謝しているんですよ。使用人にもわけへだてなくて、他の日本人仲間からは、現地人を甘やかしたらつけあがりよる、と忠告されても態度はかわらなくて。他の店ではそのことば通り現地の使用人や女中にひどい仕打ちをしていたようでね。お父さんは、恨みを買っていつか跳ねかえってくるのに、というのが口ぐせでした。現地の人たちは素朴で、義理堅くてね。そんな人たちに憎まれるなんて、よっぽどのことだったんですね。高級軍人や官僚たちはさっさとひき揚げてしまって」

佳代は頬を紅潮させ唇をかんだ。

満州での話が進むにつれ佳代の声は甲高《かんだか》くなった。

「ひどいといえばね。現地の雇い人を安い賃金でこき使って、すこしでも反抗的な態度を見せたら、抗日分子とかいって憲兵に告げ口してね。その人、憲兵隊本部に連れて行かれて、何日も何日も拷問されてね。近くの商店では売り上げの勘定が合わないと、女性の雇人を竹刀で叩いているのを見たこともあります」

佳代はむかつきを抑えるように胸元に手を添えた。

「まあ、うちはお父さんのお蔭で助かったんですけど。あの人は背が高くて真っ白な肌をしていて、祖母がロシア系の人だといってました」

聖一はそれを聞いて、孝二の背が高く、ウエーブのかかった頭髪や眼元のくぼみ、それに鼻の高さのわけがわかった気がした。

「暴動の話は初めて聞くなあ」

黙って肉や野菜を頬ばっていた孝二が口を挟んだ。

「あなたは前に満州の頃のことを話しても、馬の耳に念仏でしたからねえ。まあ、辻さんがきてくれてこんな話になっていい機会というものですよ」

佳代はそういって両膝を軽く打つしぐさをした。

「この頃、そんな話をもっと聞きたいと思うようになったんや。学校で在日グループと日本の連中が角突きあわせて、しょっちゅう喧嘩しとるし、祖国に帰るんやいうておらんようになった在日のやつもおる。何でそんなことになったのか、よう知りたいんや」

孝二は腕組みをしながら、きまじめな口調でいった。聖一も孝二の問いに刺激されてたずねた。

「クラスの金本君の家の表札に『崔《チェ》』と掲げてあって、どっちがほんまの名前なのか。何でそんな使いわけをするのかわからへんのです。それに在日生徒同士でも北とか南とかいうてものすごう対立していて、同じ朝鮮人同士やのに、なんでやろと思います」

佳代は二人の質問に、「そうねえ、朝鮮の人たちのことはねえ」と重い口ぶりになった。

「名前のことも『創氏改名《そうしかいめい》』といってね、朝鮮名を日本名に強制的にかえさせてね。朝鮮の人たちを強制連行して日本で奴隷みたいに働かせたり、土地をとりあげたりしたもんだから、食いつめて日本に流れてきた人も大勢いたんです。だからほとんどの朝鮮の人はまともな仕事に就けず、家畜小屋みたいな所にしか住めないでね。臭い、汚いと差別されて、自分の国での名前を避けるようになったと聞いてます」

佳代は在日朝鮮の人たちの反目についても説明してくれた。

「あなたたちがちいさい頃にね、同じ朝鮮の人たちが殺しあう戦争があってね。休戦になったのに、そのせいで在日の人たちも角突きあわせているんです」

「休戦って、戦争が終わってないことやろ。いつでもまた喧嘩したるぞ、ということなんやな。それで学校の在日の連中同士でも揉《も》めとるんがようわかったわ」

孝二は納得した口ぶりだったが、聖一にはまだややこしい話のままだった。聖一には何で大人は戦争するのかよくわからなかった。自分の周りには戦争を体験してきた人たちがいっぱいいた。

二軒隣りのコロッケ屋の児島源蔵は中国で左脚に弾を受けて、片足を引きずりながら仕事をしている。その隣りの看板屋の蜷川昭はいつもベレー帽を被ってパイプをくわえ、映画館で封切られる宣伝看板を描いている。聖一が時々のぞきに行くと、絵筆を動かしながら、「画家になりたかったけど、戦争のお蔭でこんな映画の看板しか描けんようになってしもた。戦争さえなかったら好きなだけ絵が描けたんや。僕らおっちゃんのいうことよう覚えときや」とひとり言のようにいった。聖一は両親からも絶えず聞かされていたが、反対のことをいう人もいた。

大家の蔵田泰三は、八の字ひげに着流し姿で家賃の集金にきては聖一に言った。

「アジア解放のために戦った日本人は偉いんや」

体育教師の大山も同じことをいった。また、他の教師は、絶対に教え子を戦争にやらない、平和こそと折あるごとに僕らにいう。聖一は頭が混乱してしまう。でも、砲兵工廠の跡を見ると、あんな鉄屑や割れたコンクリートだらけになってしまうのはかなわんな、と思う。

「朝鮮の人たちの不幸の原因の第一番は、日本が自分勝手に支配しようとしたことにあるんですよ。日本が朝鮮の国を自分のものにしようとして、明治の頃に併合してしまったんです。それに反対した朝鮮の王妃まで、王宮を襲って斬り殺したんです。それからは朝鮮総督府という役所が置かれて、学校では日本語で授業が行われたり、いろんな日本流の押しつけがはじまって、それに憤激した多くの朝鮮の人たちがほぼ十年経った大正八年の三月一日に独立宣言をとなえて、立ちあがってね。でも日本の警察や軍隊に徹底的に弾圧されて、数万人の人が殺されたといいます。十六歳の柳寛順《ユガンスン》という女子学生は、焼け火箸を肌に押しつけられるなど凄惨《せいさん》な拷問を受けて獄死させられたんですよ。

そんな酷いことを、日本は戦争に負けるまで朝鮮を植民地にして続けてきたんです。朝鮮の人たちに、私たちは今でも顔向けできないと私は思っているんです。なのにいまだにアジアの解放のためになんていう人の神経を疑いますよ。それに日本の敗戦で解放されたと思ったら、またよその国に分裂させられて、ほんとうに気の毒なんです」

聖一は佳代のおかげで、朝鮮の人たちがこれまでどんな目にあってきたのかをはじめて知った。鶴橋の商店街でキムチを売っているおばさんのことが目にうかんだ。

「あいや、兄ちゃん。これ食ってけ。おまけや」

チョゴリの膝の上で熱いチヂミを新聞紙でくるんでくれた。四角い顔で紙くずみたいにしわだらけだった。

鶴橋商店街のキムチ売りのおばさんは声が大きく、喧嘩でもしているような勢いがあった。おばさんの息子は北朝鮮の兵士として戦って死んだ。旦那さんは太平洋戦争中に九州かどこかの炭鉱で働かされて、落盤事故で亡くなったという。同じクラスでいつも日本人グループに目をつけられている子は、父親と兄だけが北の祖国へ帰還して、母親と妹の三人で暮らしているとも聞いた。

聖一はそうした人たちのことをしっかりと考えたことがなかった。ニンニク臭やハングル語への違和感。在日生徒のグループがちょっとしたことでとがってくるので顔を背けてもいた。聖一は佳代の話を聞いて、自分の悩みなんかちっぽけや、と思えた。

――僕は自分のことだけで頭を抱えてんと、もっと周りのことを考えられる人間にならなあかん
――

聖一の中にはじめてきざしてきた心の動きだった。

「日本は戦争が終わって十六年しかたっていないんですよ。なのに、戦後は終わったなんて。よその国の人や自分の国の人を粗末にしておいて、何もなかったことにする風潮がねえ」

聖一は佳代のことばに軽い衝撃を受けた。

――そうか、僕らが生まれる一年前まで日本は戦争ばっかりしてきたんやな――

聖一は自分の周りには戦争の傷跡がどっさりとあることにあらためて気づかされた。瓦礫の山の砲兵工廠跡地。近所の人たちの戦争体験の話やその傷あと。駅前などにいた傷痍軍人や浮浪児の姿。ジ

ープで路地まで乗りつけてきた進駐軍。それに友だちにもいた混血児のことなどが思いだされた。

「戦争はしたらあかんと思います」

聖一が感想をもらした。

「本当に二度とねえ。そのためにも朝鮮の人やよその国の人をけなしたり、ばかにするような世の中には絶対にしないように、辻さんや孝二たちの世代にがんばってもらいたいものですよ。あなたたちももうすぐ高校生なんだから、ほんの十数年前まで辻さんの家族や、私たちがどんな目にあってきたのか、日本がどんな国だったのかを知っておいてもらいたいと思いますよ」

佳代の声には祈りにも似たものがこめられていた。聖一が、はいっ、と力をこめて返事をした時に、店から来客の声がした。

佳代は着物の裾を整え店に移っていった。

「おふくろの話、真剣に聞いとったなあ」

孝二がすこしからかいぎみにいった。

「僕なあ、おふくろやおやじから戦争の話をずっと聞かされてきたけど、苦労した話ばっかりでうっとうしゅうて。そやけど、今日みたいにきっちりと教えてもらってよかったわ」

「俺もなあ、満州で生まれたことは聞いてたけど、あんなに詳しい話を聞いたのははじめてや。それに、お前のいうように、朝鮮の人らのことがおふくろの話でようわかったわ」

二人はその点で一致した。

「そやけど、古川はやっぱり」

聖一はそういいかけて口ごもった。聖一は孝二と知りあった時に、アメリカ人の血が混じっているのかとたずねたことがあった。聖一がまだ小学校にあがっていなかった頃、米兵とジープで路地に乗りつける派手な服装の女の人がいた。皆はその人をパンパンとかオンリーと呼んで軽蔑と嘲笑の対象にして、米兵との間に生まれた子も同じような目で見た。聖一はそれを意識して口ごもってしまったのだ。

「おふくろさんがお前のおやじさんのおばあさんがロシア系やったと話してはったやろ。そやから」

「お前に前にも聞かれたけど、皆、何でそんなことうるさくいうんやろ。俺、髪の毛が茶色がかって、肌も白いやろ。西洋人みたいな顔立ちしてるって、先生まで珍しいものでも見るような目でながめよるしな。そんな連中が一番に差別しよるんや」

孝二は鼻翼をふくらませて息を荒く吐いた。

「お、俺、自分のことをいわれても知らんふりできるけど、顔立ちや肌の色の違いで変な目で見たり、意地悪するのを聞くと、が、我慢がならんのや」

孝二は頬をふくらませ、どもりぎみになった。孝二がこうした反応を示すと、聖一にもへきえきする兆候がでてくる。聖一は孝二の昂《こう》じてくる口ぶりを逸らす口調でいった。

「ほんまや。僕、つまらんことをいうてしもた。古川が一番きらいな話やったのに」

孝二がことばをかえしかけたが、聖一もタイミングを外さず、「僕、もう帰るわ。これ以上遅くなったら、家に入れてもらわれへん」と立ち上がった。佳代に声をかけ、夜の路地を全力で自転車を駆った。

家の脇に自転車を置いてそっと扉をひいた。部屋の奥から飛んで来るだろう初江の声を予想して首をすくめ、半畳ほどの三和土《たたき》に立った。だが、妙に静かだった。台所の方へ首をのばすとちゃぶ台がひっくりかえり、惣菜や飯粒が散乱していた。家族の姿は誰ひとり見えなかった。転がった茶碗にへばりついた飯粒。ばらばらになった焼き魚やほうれん草のおしたし。倒れたお銚子の酒が畳をべたつかせていた。足場もないそれらを見下ろしていると、うちの家はどうしてこうなんや、と怒りがこみあげて来た。

「それにしても派手にやらかしたもんやで」

隣りの秋田菊が突然顔をのぞかせた。菊は近所の騒ぎには必ず首を突っこんできた。

「大きな声に、何かぶつかる音がしてびっくりしたで」

菊は大げさな口ぶりでいった。

「あんたのお父ちゃんがちゃぶ台ひっくりかえして、兄ちゃんは怒鳴ってるわ、お母ちゃんは畳に頭つけて泣いてやな。和江ちゃんもわーわーいうてるわでな」

聖一は菊と顔をあわすたびに歯ぎしりしてしまう。話すことは損得勘定に近所のゴシップだった。自分の周りにはつまらない大人が多すぎる、と強く思う。でも先ほど、佳代と話せたことには満足していた。

——あんな風におやじやおふくろと話ができたら——

聖一は考えこみながら、床上の物を拾っていた。

「何かあったらいつでもいうてや」

菊が窓越しにもう一度声をかけてきた。

聖一は、よけいなお世話や。よその家が揉めるのが面白いだけやないかい、と胸の内で吐き捨てた。

——ああ、うっとうしい長屋や。早よでて行きたいわ——

聖一がごみを片づけた所へ初江と和江が帰ってきた。

「あっ。お母ちゃん。姉ちゃん」

聖一は思わず声をあげた。だが二人は聖一のことなど目に入らないかのように部屋にあがった。初江は口元をハンカチで押さえ、背を丸めてちゃぶ台の前に座りこんだ。傍らから和江が話しかけた。

「お母ちゃん。兄ちゃんも悪いけど、お父ちゃんが一番悪いんや。うち絶対お父ちゃんを許さへんから」

初江は和江のことばに喉奥をつめたような声を発した。聖一は内容がまるでわからず、和江の話に耳をかたむけるしかなかった。

初江は和江の強い口調に、額をちゃぶ台にぶつけるようにして、「ああ、くやしい」と声を絞った。

和江はさかんにいい募った。

「兄ちゃん、久しぶりに早よ帰ったと思ったら、突然、女の人と暮らすから、アパート代だしてくれやて。それもお腹に子がいるやて。そらお母ちゃんだけと違って、お父ちゃんが怒るのもむりないと思うわ。そやけど、お父ちゃんはもっとひどいわ。兄ちゃんに怒る資格なんかあらへん。お母ちゃん、知ってたんか」

「この頃、仕事がすくのうて、給料遅配やとかいうてたんは、あんな女に入れあげるためやったやなんて。耕一がいうてくれるまで全然知らんかった」

初江は吐き気をもよおしたような声をだした。

「都合悪いこといわれたからって、むちゃくちゃや」

和江は初江以上に身をよじらせた。和江は中学生になった頃から、「男って不潔や」と口にし、清次郎の浮気の発覚はその思いを増幅させたようだった。

清次郎の浮気は兄耕一が暴露した。耕一は妊娠した恋人との生活への援助を頼み、清次郎に口汚く批難され逆襲した。清次郎はちゃぶ台をひっくりかえして家を飛びだしたという。

聖一は部屋の隅で膝を抱えていた。

「あんた、帰っとったんか」

和江がはじめて気づいたようにいった。初江はいつもなら、濃い眉下の瞳を光らせて、「連絡もせんと、こんな遅くまで何しとったんや」と責めるはずだった。だが、今の初江は目元を赤く腫らし、艶《つや》のない剛《こわ》い髪が跳ね上がって、荒れた肌にそばかすが濃くういていた。聖一はつい佳代とくらべてしまった。聖一は初江から聞かされたことがある。

「お父ちゃんが甲斐性《かいしょう》なしやさかい、うちは何もかもてられへん。たまにはきれいな服着てパーマぐらいかけたいわ」

聖一は初江のいうこともわからないわけではなかったが、それを絶えず耳にする清次郎のくさくさした気持ちも同情できた。それでも、今度のことは清次郎が悪いに決まっていた。そのあとも、初江と和江は聖一にはかまわず話しこんでいた。聖一は黙って二階にあがった。

聖一は机の前で先ほどの騒動のことを考えていた。

――僕の家はこれからどうなるんやろ。大人になるって何やろう。皆、生きている意味があるんやろか――

聖一は家族のごたごたに遭うたびに疑問を深めていった。

聖一には兄耕一のことでも強い疑問があった。

――何で兄貴はおやじやおふくろにあんなに突っかかるんやろ。何ぞいうたら、「どうせ俺は、お前らには要らん子やったんや」とまくし立てるけど、僕には何で兄ちゃんがそういうのかわからへん。

姉ちゃんはおふくろや兄ちゃんの肩を持つばっかりで、おやじのいうことは聞かへん。皆、好きなことをしてばっかりでばらばらや。

僕なんかガキ扱いで、この家にいるのかいないのかわからない存在や。佳代さんは僕を「もう中学生なんだから」といって大人扱いしてくれるのに、ここではいつまでもまともに相手もしてくれへん。僕なんか、消えてしもてもいいんや。ああ、どうしたらこんな毎日から抜けだせるんやろ――

頭の中が混沌としてきて、孝二の躁うつ的な気分が乗り移ってくるようだった。ふと孝二のセリフとしぐさを思いだした。

「世の中つまらんと思たら、これしたらええねん」

と首に手刀をあてた。あの時はどきっとしたが、今はその手もあるんやな、と心強い発見をした思いもあった。聖一は机の前の小窓を開けて星空を見上げながら、ああ、何かしっかりしたものをつかみたい、ふわふわした僕の心を鋼鉄みたいに変えたい、と奥歯をかみしめた。孝二がいうように、夜道をわめきちらしながら歩き回りたかった。思いっきり体が悲鳴をあげるほどいじめ抜きたいと思った。

明日の試験のことなど、もうどうでもよかった。机の上の教科書やノートを叩きつけるようにして脇にのけ、孝二から受けとった秘本を開いた。こめかみと心臓がずきずきと脈打った。頬を火照らせながら、聖一は、ああ、僕は何をしているんやろ、とうめくようにもらした。

翌日、皆、何事もなかったように朝食を摂っていた。清次郎と耕一は夜更けに帰宅して布団に潜りこみ、お互い顔をあわさないように朝飯をうまくずらして仕事にでかけた。初江はいつものように、「早よせな学校に遅れるで」と和江と聖一の尻を叩いた。聖一は皆のよそよそしさに、自分の苦しみをはぐらかされた思いだった。

第四章　高校生

一九六二年四月。辻聖一は大阪府立K高等学校の普通科に進学した。親友の古川孝二は入学願書提出期限のぎりぎりまで、「勉強する意味もわからんのに」と書類をださなかった。だが、母親の佳代の説得で工業高校の電気科に進んだ。

「おふくろを安心させるためにも行くことにしたわ」

孝二のいい分に佳代が横から口を挟んだ。

「自分の将来のことなのに、母親のためだなんてね」

聖一は返答にとまどった。聖一が初江に同じセリフを吐いていたら、猛烈な口撃が来るはずだった。

「小学校出のお父ちゃんの苦労考えてみ。学校行けるだけ感謝せな。世間を甘《あも》う見たらあかんがな」

孝二は佳代と徹夜で話しあって決めたという。聖一はそれを聞いて、なぜか涙がにじんできた。

高校生活がはじまった。K高校は大阪環状線寺田町駅と桃谷駅の中間に位置していた。南北の疎開道路と東西の府道の交差点に面した高校の周辺には、区役所に税務署、警察署などが集まり、生野区の官庁街ともいえた。

聖一は寺田町駅と桃谷駅間を念願の電車通学した。地上から十メートルはある高架線上から望む東方面、生駒山《いこま》の裾野までの風光は、これからの高校生活を明るく予感させるものとして聖一の目に映った。

府道に面した正門から校内に入るとまっすぐ南、校舎裏のグラウンドまで通路がのびていた。通路の左、東側に四階建て校舎があり、その横手に体育館があった。通路の右、西側には柔道の道場があり、その南隣に食堂と図書館棟があった。一周四百メートルのグラウンドは高い塀と金網に囲まれ、その際にポプラの樹が枝をのばしていた。グラウンドの東端、体育館裏手にプールがあった。

その年、聖一たち新入生はほぼ四百名だった。八学級編成で一クラス約五十名、男女半数ずつの構成だった。聖一にはひそかに期待していたことがあった。同じ中学から金城啓子もK高校に進学しているはずだった。聖一は校内に金城の姿を探してみた。孝二から入学直前にはっぱをかけられていた。

「金城も同じでよかったな。チャンスやぞ。お前の自意識過剰に邪魔されんようにがんばれよ」

聖一も高校生になったからには、大いにリラックスして近づこうと心した。

金城啓子とは同じクラス員にはなれなかったが、毎日顔が見られることがうれしかった。

教室は中学時代のように窮屈で、起立、着席時に充分椅子をずらすこともできなかった。それに交互に女子と男子の机の列が並ぶ配置は、異性を強く意識するようになった聖一には息苦しくもあり、意識過剰を克服するどころか、かえって強まった。

聖一は高校生活がこんなに心の晴れない状態のままではたまったもんじゃない、と気合いを入れるため、中学時代と同じように柔道部に入部した。身長は百七十センチ半ばにのびていたが、体重は五十キロを超える程度だった。他の新入部員の多くは太い首に胸は厚く、両脚は足裏で畳をかんでいるようにどっしりとしていた。二、三年生の先輩は熊みたいな猛者《もさ》に見えた。聖一は中学時代のクラブ活動ですこしは腕や脚の筋肉をつけたつもりだった。なのに周りの部員にくらべて体格が貧弱すぎた。初練習のため道場の畳を踏んだ時、場違いな所に立っているようで、入部したことを後悔した。その思いは、二年生部員のからかいにも似たことばで増幅された。

「お前、枯れ木みたいな体で大丈夫か」

それを注意したのが三年生の部長荒井健二だった。

「漆原、いらんことぬかすな」

声は低かったが、すごみがあった。目も鋭かった。身長は聖一とかわらなかった。他の部員はごつごつとした骨組みの者や、ずんぐりとした体形の者が多かった。その中にあって、荒井はなで肩で細身にも見えた。だが、高い頬骨に発達した顎。揉《も》みあげの長い角刈りの頭髪。眉間《みけん》の三日月傷などが他の部員をすくませるに充分だった。

荒井が道場に立つと、空気が引き締まった。姿勢が良く、かけ声にも部員をぴしりと打つものがあった。真っ白な柔道着に黒帯がきりりとした立ち姿になった。二段の実力がその印象を強くしていた。

「受け身、はじめ。もっと気合いを入れんかい」

聖一にとっては快い緊張感を覚える瞬間でもあった。体を回転させると、左手の平で小気味《こきみ》よく乾いた音がした。中学時代の経験が生きた。

初練習でのその音に、荒井が、おっ、という表情になったのでよけいに出だしのよさを味わった。だが、それは地獄のクラブ活動のはじまりにすぎなかった。

一年生部員は受け身などを終えると、実戦練習の乱取り稽古にはつかせてもらえず、基礎体力作りに専念させられた。腕立て伏せに懸垂運動。バーベル挙げや腹筋運動。首の筋肉を鍛えるために、仰向けに反りかえって後頭部で体を支えるブリッジなどで、基礎体力作りのメニューが終了した。

最初の二週間は、息をするだけでも全身の筋肉に痛みが走った。でも、聖一はそのことで柔道部に入ったことを後悔しなかった。かえって、体の苦痛が胸の内の憂鬱《ゆううつ》をねじ伏せてくれるようで、体をいじめ抜いて、自分を叩き直したるんや、とさらに闘志を強めた。週五日の練習で、二十人近くいた新入部員は三ヶ月後には半数近くになってしまった。一番先に音をあげると思われていた聖一が、放課後真っ先に道場に畳を敷く姿に上級生部員の目がかわった。

「枯れ木みたいな」とからかった二年生の漆原鉄二は、「腕の筋肉をつけることや」と助言してくれるようになった。三百回の腕立て伏せにもようやく慣れた。要領も覚えて力を抜くと、背中に節のある竹の棒の衝撃があった。

「誰が休めというたんじゃ。根性入れなおさんかい」

荒井の切りつける声に、聖一は再び歯を食いしばった。やりきったあと、手脚をさすりながら達成感を味わった。やったらできるもんなんや。聖一は自分の体が思った以上に動くことに満足した。

「筋肉、ついてきたのう」

聖一が練習のあと、砂場で上半身裸になって風に吹かれていると、傍らに立った荒井がグラウンドに目をやったままつぶやいた。聖一は思わず腕や胸元を指で確かめてみた。以前は手の平にごつごつした感触があったのに、今は指先に厚みのある弾みがかえってきた。何よりも荒井にそういわれたことがうれしかった。

ようやく実戦練習の乱取り稽古につけるようになった。聖一はその稽古をはじめて、基礎体力作りに専念してきた意味が納得できた。以前なら、握力の弱さで、つかんだ襟首《えりくび》をすぐにふり払われてしまった。それに相手にゆさぶられ、足払いでもかけられたらたあいなく倒れこんでしまった。今は全身が強いバネになって、のびやかに対応してくれるのが手にとるようにわかった。そうはいうものの、聖一は他の部員にくらべればまだまだ非力だった。

　体重が九十キロ近い二年生部員の漆原は、体力にまかせて聖一の襟首を締めあげた。身動きがとれず、くるぶしが払われると、聖一の体は横倒しになった。それは技というより力まかせの攻撃だった。痛みをこらえて立ちあがると、今度は内股《うちまた》に襲われた。これも腕力にまかせた強引なものだったので、聖一の体はねじれて受け身がうまくいかず、背中をしたたかに打ち衝撃が脳にきた。一瞬意識が飛び、息がつまった。力だけを頼りに技をかけてくる者と対すると、たいていこうした苦痛を味わされた。とくに、寝技で下手な絞め技をかけられると、悶え苦しむことになる。両手首を交叉させて襟首に手刀を立てる形で締めあげる技だが、中途半端に息がとめられると、顔中うっ血し、胸は出入り口を失い必死に空気を求めて爆発するほどに波打つ。漆原に似て多くの部員も腕力、体力まかせの稽古が多く、打ち身や捻挫、時に頭部を強打することもあった。だが、荒井は断然違った。

　荒井は聖一の柔道着を軽くにぎっている感触があった。荒井が左足を退《ひ》いた。聖一はそれについて右足を前に運んだ。その瞬間、体が百八十度回転した。荒井の背負い投げで聖一の体はきれいに弧を描いた。

　寝技の締め技でも、荒井に首筋を絞られると、もがく間もなく一瞬に気を失った。気がつくと全身が蝉《せみ》しぐれみたいに鳴っていた。

　荒井の一挙手一投足に目をこらす中で、やがて見えて来るものがあった。荒井は相手ががむしゃらに技を仕掛けて来る時には軽くいなしたが、呼吸の潮の目といった一瞬に相手を呼びこみ、脚をバネのように跳ねあげた。瞬間、荒井の全身の筋肉が鋼になったように目に焼きつけられた。聖一が荒井の強さの秘密を納得したのは他にもあった。

荒井の腹部は幾段にも割れて、肩から首筋にかけての肉は厚く、太い腕は筋肉がこぶの塊《かたまり》のようだった。胸元はボリュームたっぷりに盛りあがって、時折けいれんめいて小気味よく収縮した。荒井はそうした体造りのために、人一倍筋力トレーニングやストレッチなどの柔軟体操に励んでいた。

聖一は柔道部の練習を終えると体力を絞り切っていた。なのに、気分は爽快だった。自分で決めたことをやり切っているという充実感があった。何よりもの収穫は、母親の初江の小言や家の中のごたごたが胸の中を素通りしてくれることだった。

聖一には、初江が家族への不満のはけ口を自分に向けているのではないか、と思えることがあった。

「高校へ入ってから生意気にばっかりなってからに」と、口を開けば嫌味でしかなかった。父親の清次郎は毎日のように一杯ひっかけて帰って来た。兄の耕一は大騒ぎした女の人と今は同棲し、アパートで暮らして顔も見せなかった。

姉の和江は清次郎をできるだけ避けるように時間をずらせて食事をし、さっさと二階にひき揚げた。

隣りのお菊婆さんや近所の人たちはせまい路地を塞《ふさ》ぐようにしてうわさ話に明け暮れ、昼間でも酒の臭いをまき散らしている者もいた。

――こいつらは、生きていく値打ちもない豚や――

聖一の中でふくれあがっていくものがあり、何かのきっかけで爆発しそうだった。それにくわえて下半身で熱を帯びた衝動を持てあますものがあった。そのせいなのか、鼻血もよくでた。だが、聖一には充満したマグマをぶつけられる場があった。乱取り稽古で爆発させた。技を仕かける時、自分の体とは思えないほど全身の筋肉が剛直に緊張するのが自覚できた。全力で技に集中した。はじめて相手を背中に乗せた。相手の体が足元に落ちた。その体感にしびれた。全身に沸騰してくる闘争心に酔った。放課後の燃える三時間だった。

聖一は道場での時間で、栗のイガみたいないら立ちが和らぐのを覚えた。燃焼しつくした快い疲労感が心を穏やかにしてくれた。初江のことばもいつものことやと聞き流せたし、お菊婆さんの顔を見てもただの風景みたいにしか映らなかった。聖一はクラブ活動のお蔭で、どうにか高校生活が乗りきれそうな気がした。

クラブ活動とは違って、授業などの学校生活には意欲が湧かなかった。まず担任教師の綾野礼が気に入らなかった。口を開けば大学受験や志望校のことしかふれなかった。聖一は初っ端《しょぱな》から綾野を心の中から一蹴してしまった。

聖一は中学時代に得意だった綾野の担当科目の英語まできらいになり、苦手な数学などと共に総合順位の成績はクラスで最低ラインになった。授業は知識の切り売りと押しつけで何の意味も感じなかった。

固く窮屈な木の椅子に座らされ、四十五分間無味乾燥な話を聞かされる苦痛と眠気しかなかった。まじめに黒板をにらみ、ノートをとっているクラス員がいる。聖一はその横顔をうかがいながら、何が面白うて、こんな授業を一生けんめいに受けるんやろ、という目でながめてしまう。

この頃の大学進学希望者は全国的に約二割で、K高校生も進学希望者は同じ比率だった。進学と就職組にクラスわけされるのは三年生からだった。聖一は進路コースによってクラス員の授業への態度が微妙に違うのと、教師にも対応の差があるのを感じた。

「俺は卒業したら酒屋を継ぐんや」

「俺、早よ働いて自分で稼ぎたいんや」と就職をめざす生徒は授業中に私語を交わし、居眠りをしては教室の空気をだるくさせた。一方進学希望者は彼らを無視し、放課後はクラブ活動に参加することもなく、まっすぐ家に帰る者も多かった。その後ろ姿に、「あいつはこれから塾でお勉強やからなあ」と嫌味が浴びせられた。

聖一は、授業だけでなく高校生活にも投げやりな連中と、成績だけに熱心になっているやつのどちらにも属したくはなかった。聖一には、何のために生きるのか、という問題こそが最大の関心事だった。将来の選択などそれが納得できてこそだと思えた。

聖一はクラブ活動以外の時間はその答えを求めて書物を漁《あさ》り、夜明けまで読みふけるようになった。授業中は居眠りをし、教科書などは一夜漬けの暗記で試験に臨んだ。聖一は自堕落に見られたのか、クラスのやんちゃな連中から声をかけられた。

「おい、ちょっとつきあわへんか」

放課後に喫茶店に誘われた。その日は週一度、クラブ活動が休みだったのでうなずいた。聖一はクラス員二名と連れ立って桃谷駅前の喫茶店に入った。二人は店に入る前に学生服を脱いで紙袋に仕舞いこんだ。聖一にも同じく強いた。面食らってしまったが、いわれるままに従った。

店内の一番奥のボックス席に行くと、もうひとり先客がいた。他クラスの生徒だった。着席すると早速タバコが勧められた。聖一はびっくりした。

「お前、吸ったことないんか」

三人の声に聖一は店前で私服姿になった意味がわかった。三人は慣れた手つきでタバコに火を点け、顔が隠れるほどに煙を吐きだした。聖一はそれにむせて思わず咳きこんだ。

三人の生徒はタバコを天井に向け盛んにふかした。聖一はそのしぐさに、大人ぶりたい幼稚さみたいなものを感じた。聖一は背のびするためにそうしたことはしたくなくて断った。三人の話を聞いていると、女子生徒の品定めや植木等の「スーダラ節」の〝わかっちゃいるけどやめられない〟のくだりを囃《はや》しながら芸能ニュースに興じたり、綾野や他の教師の悪口がほとんどだった。聖一は授業中に居眠りしたりぼんやりしているせいで、同じ程度の仲間に見られたのだと思うと、余計に自分が嫌になった。聖一は三人の気持ちを確かめるようにあえてたずねてみた。

「僕ら、何のために生きてるんやろ」

三人は顔を見あわせて口々にいった。

「お前、坊主みたいなことというなあ」

「俺は女の子をナンパする方法でも考えるわ」

「お前、勉強できんのに、むずかしいこと考えるな」

――こんな話ができるのはやっぱり古川孝二だけや――

聖一はその思いをあらためてかみしめ、それ以後、彼らの誘いを断った。金城啓子や荒井たちのことを軽口を交えてうわさしたことも決定的な理由だった。

「金城啓子なあ、目がぱっちりして肌が真っ白や」

「おう、あの黒い髪がたまらんで」

三人が声をあわせるようにいった。

「あいつは顔もええけど、頭もええで」

聖一は三人の金城評を聞いていて、自分にはやっぱり高嶺の花だ、という思いが強まった。ついでの話とでもいうように、ひとりがもらしたことばが聖一の裡で火花のように飛び散った。

「そやけど、あいつは朝鮮やからなあ」

「それほんまか。あんなに可愛いのに朝鮮やなんて」

聖一は自分への侮辱以上に気持ちが煮え立ってきた。なのにひそかな動揺で反論できなかった。聖一は自分の中にある差別意識を自覚させられて金城への罪悪感でいっぱいになった。三人は「あいつ、日本人やったらなあ」と話を続けた。

「金城のことはもうええんとちゃう」

聖一は話を逸らそうとした。

「朝鮮いうたら、柔道部の主将の荒井もやなあ」

聖一はこのことも知らなかった。

「辻は荒井にしごかれてるんと違うんか」

「日本人への仕返しを道場でしとるんやろ」

横あいから強い口調でひとりがいった。

荒井への悪口が続いた。

「竹の棒でどやしつけたり、手が早いんや」

三人は荒井を乱暴者のように決めつけた。聖一は金城のことでは不意打ちめいてほとんど口にだせなかったが、荒井については我慢ができなかった。

「荒井先輩はそんな人と違う。それに何で朝鮮人やったらあかんのや」

聖一は自分の中に潜む差別意識を贖罪するためにも、断固とした口調でいった。

「ちょっというただけや。くそまじめに考えすぎや」

聖一は三人のつまらなさを痛感した。

聖一は部活動には休まず参加した。畳の上で全神経を集中している時だけ生きている手応えがあった。部活動の後は、いらだちが発散されて気持ちが穏やかになった。練習のない日は身を持てあました。思いあまって親友の孝二の家を訪ねても、最近は行き違いが多かった。孝二は山岳部に入っていて、休日はかならずといってよいほど山にでかけていた。聖一は神経がけば立ってクラス員の視線やささやきが悪意に満ちたものに受けとれた。

——僕は気が狂ってしまうのではないか——

その思いにおびえ、哲学書や仏典、聖書にもふれてみた。キリスト教会や寺院、それに新興宗教の集まりにも参加した。日曜日の朝、環状線天王寺駅前の裏通りにある教会の礼拝堂をのぞいた。数十人の人が集まっていた。色彩の施されたステンドグラスから差しこむ光がやわらかく、正面壇上のキリスト像に向かって設けられている木机の艶《つや》やかな茶系のトーンが聖一の気持ちをおごそかにした。聖歌隊の合唱は清流で洗われるようだった。迷ったけど、きてよかった、と心底つぶやいた。だが、その思いは牧師の説教がはじまると、たちまち霧散してしまった。

まず、「神がお造りになったこの世」という冒頭のことばで白けてしまった。締めくくりの「神にすべてをゆだね、信じる者は救われる」というくだりでは、思わず、——一体神って何やねん。目にも見えなくて、ただ信じろなんて僕には無理や——とひとりごちた。

牧師の説教が頭に入って来なかった。礼拝が終わると布袋が回されて喜捨が求められた。聖一は気持ちがお金で汚される気がして礼拝堂を飛びだした。新興宗教「新生会」の集まりの場にも足を運んでみた。

「新生会」の集まりは〝懇話会〟と称されていた。近所のおばさんが、「絶対、ご利益のある話が聞けるんや」と熱心に誘うのでその気になった。幼い頃から初江に折檻された折など、いつもかばってくれて、駄菓子まで買ってくれた人だった。そのせいで断りきれなかったこともあった。

「新生会」の集会場は、寺田町駅前近くの路地裏の家だった。せまい玄関先には靴などの履物が山になっていた。あがりがまちから左右、奥の部屋をぶちぬいた板の間、畳敷きの間にぎっしりと人がつめかけていた。

聖一が玄関口に近い板の間に腰を下ろすと、誘ったおばさんが「きてくれたんやね」と叫ぶように声をかけてきた。参加者が聖一を拍手で迎えた。にぎやかにことばが飛び交い、明るく弾む雰囲気に満ちていた。聖一は、こんな場も元気がでて悪くないなと思えた。

まずはお題目の唱和になった。全員が手をあわせ、腹の底から同じリズムで短いフレーズをうなり続けた。単純なそれのくりかえしだったが、抑揚をつけ声の響きに身をゆだねていると、血が沸き立ち、手足の先までほこほことして、陶酔感さえあった。皆の顔が上気し、目が輝いていた。恍惚《こうこつ》とした一体感の中で、ブロック長が呼びかけた。

「ご本尊のありがたさ。秋田先生の御唱導の尊さ。民衆こそ王者の教えに心が震えます。信心こそ力です」

感極まって涙を流す人、目の焦点が定まらずうわ言めいて上体を揺すり、お題目をくりかえす人もいた。

一時、聖一も高揚感に包まれていたが、一方的にひとりの人間を持ちあげ、皆の気持ちをあおるような口調にはついていけそうにもなかった。

――僕は誰かのいうことをありがたがるためにここにきたのと違う。もっと大事なことが聞きたいんや――

決定的な拒否感に襲われたのは、出席者の体験発表だった。信仰による御利益の体験を語らせることで、信心をより固めさせるためのメインイベントのようだった。初老の男性に指名されて次々と体験談が披露された。

寝たきりの夫が立って歩けるようになった。勉強ぎらいの娘がやる気になって大学に受かった。商売が繁盛しだした。

全員が昂然《こうぜん》と胸を張り、声を震わせて笑顔で語った。その一つひとつのエピソードに、その場は床が抜けんばかりに沸きに沸いた。

「新生会」の懇話会での体験談発表が終わると、「秋田先生こそご本尊の真性を体現される現代の聖人や」。部屋中がその声で爆発したのを見はからったように、ブロック長が両手を広げて提案をした。

「我らの信心の正しさが骨の髄まで確信できたと思います。そこでご本尊や秋田先生のご恩に報いるために功徳を施していただきたく思うのです。信心の証としての財務活動であります」

ブロック長は要請の意義をさらにつけくわえた。

「私たちは、私たちの平和と民衆の暮らし第一の教えを広めるために昨年、『新生会政治連盟』を結成して地方議会や国政に橋頭堡《きようとうほ》を築いたわけですが、いよいよ本格的に国政に打ってでて、この国にご本尊の心を満ち渡らせるために働くご意志を、秋田先生がお持ちなのです。そのためにも、皆さんの浄財が大いに力を発揮することになるわけでございます」

聖一はここまで聞いて、結局は金の話か、と教会での思い以上に気落ちした。難しい内容はわからなかったが、宗教団体が、政治がどうのといいだすことのうさん臭さも感じてしまった。聖一がいたたまれなくなりはじめているところへ、耳近くでひそひそ話が入ってきた。

「あの人な、夜逃げしはったそうや。借金でにっちもさっちもいかんようになった上に、交通事故や」

「信心が足らんのや。しっかりお題目を唱えんとあの人みたいに地獄に落ちるんや」

「秋田先生もおっしゃっているように、この日本をよくするには、邪宗を撲滅して新生会の教えを広げなあかんと思うわ。そのためには新生会からどんどん代議士を国会に送ってやな、国でご本尊をお祀りする。考えただけでわくわくするわな」

聖一はたまらなくなって外にでようとした。履物の山になった玄関先に埋もれた自分の靴を探すのにいら立ち、他のそれを投げ散らかすようによりわけた。

「新生会」の集まりの場から路地をたどっている間、盛んにつばを吐いた。何かにべっとりと汚された思いで、風で洗うかのように駆け足になった。

——何が信仰や。損か得かの話ばっかりやないか。人の不幸を不信心のせいにしやがって、他人の悪口ばっかりで、あれが宗教やったら金輪際お断りや——

聖一は憤怒で地団太《じだんだ》を踏んだ。

聖一は「新生会」の集まりの場から逃れるように離れながら、足元の石ころを蹴飛ばした。

——ああ、本当のことが知りたい。僕は生きるに値するものが見つけられるんやろか——

初江の日頃のことばがうかんだ。

「世間を信用したらあかん。今、はやりの宗教かて、救うとか、ご利益とかいうて他人の不幸を食いもんにするんや。お前はお父ちゃんに似て人がええさかいすぐだまされる口や。人さまの口車に乗るひまがあったら自分が稼ぐことを考えるんや。そうでないと、お父ちゃんみたいな甲斐性《かいしょう》なしになってしまうんや。わかったか。性根入れて、お母ちゃんのいうこと聞いときや」

聖一はずっと世渡りの心構えを吹きこまれてきた。それが深く影響してか、友だちとのつきあいでも距離を置くくせがついてきた。

それが原因で誰とも親しくなれなかった。そして、寂しさの反動なのか、いったん気を許した孝二には一途に心をかたむけた。

聖一は高校生になって、初江の考えのせまさを感じるようになった。古川孝二や母親の佳代と交流する中で強まってきたものだった。

そんなに心を窮屈にしていたら孝二や佳代とも知りあいになれなかった、と心底から思った。だが「新生会」などの集まりにかぎっては、初江のいうことが正しいと思った。そういえば、聖一を「新正会」の集まりに誘ったおばさんなどは初江についてこう評した。

「初江はんは信心をばかにしてからに。あんなこというてたら、絶対罰があたって地獄に落ちてしまうんやから」

聖一は憎々しげにいったおばさんのことばを思いだし、秋田先生か何か知らんけど、人をたぶらかすのが巧い連中がおって、乗せられる人があんなに沢山おるんやな、と妙に感心するものがあった。そう考えると、「新生会」に入れあげている人たちをかえって気の毒にさえ思えてきた。

――あんなものに簡単にだまされる人間って何やろ。神や仏って本当にいるのか。もしいるのなら、それって一体何なのか――

聖一は教会や「新生会」の会合に参加して、疑問と反発だけが胸奥に残った。

第五章　渇　望

聖一は必死に自問への示唆を求めて本を読み漁った。ある時、机に置いていた『厭世論』という本のタイトルを見た母親の初江が嘆いた。

「あんた、この頃、うっとうしい顔して返事もせんと思たら、こんなもん読んでからに。世の中嫌になるんはお母ちゃんの方や。お父ちゃんは好きなことして、耕一は変な女と一緒になるわ、姉ちゃんは髪を茶色に染めて夜遊びするわ。うちが一番に生きて行くのが嫌になってしまいそうや」

聖一は土足で心の中を踏みにじられた思いで発作的に家を飛びだした。全体重を乗せて自転車のペダルを踏んだ。部品がこすれて神経をひきちぎるような音がした。ブレーキをかける気など全くなかった。

「ぶつかったらそれまでや。死んだらええんじゃ」

わめきながら走った。幸いに、事故には遭わなかった。全身の怒気を荒い息とともに吐きだすと、すこし落ち着いた。こんな時こそ、親友の古川孝二に会いたかった。でも、孝二とはここしばらくすれ違いばかりだった。孝二は工業高校に進学すると山岳部に入り、休日には山行でほとんど家にはいなかった。聖一はそれでも、孝二を訪ねてみることにした。

寺田町駅南改札口前から東にのびる商店街の通りに、お好み焼き店「かよ」があった。店内をのぞくと、佳代がカウンター席の奥に立っていた。

聖一はいつものように店の横手、勝手口の扉をひいて声をかけた。

「こんにちは。孝二君いますか」

「いらっしゃい。めずらしく早く帰ってますよ」

聖一は店の奥六畳の間の階段から二階にあがろうとした。その背後から佳代が、「いつもねえ、あなたが訪ねて来てくれたことを伝えてるのに連絡もしてないんでしょ」と二階に聞こえるようにもらすと、階段上から、「早よ、あがってこいよ」と孝二が催促した。佳代が首をすくめるのを見て、聖一も同じしぐさをしてわらってしまった。

数ヶ月ぶりに見る孝二の額や頬は焦げ茶色の紙片がモザイク状に貼りつけられたようで、唇はひび割れて白っぽかった。聖一が目をみはっていると、孝二は顔面のかさぶたを指先でつまみながらいった。

「日焼けで火傷《やけど》したみたいにめくれてきよるんや」

聖一は孝二の元気そうな顔を見ただけでうれしくなった。聖一は自分のことより孝二の話に集中した。

「山はええで。自分がどんどん浄められる感じや」

孝二は丈夫な歯を見せて、目を輝かせた。聖一までがすがすがしさにひたされた。孝二は話しながらかさぶたをむしりとった。痕には赤黒く爛《ただ》れたような染みが残った。痛々しく映ったが、山男の猛《も》者《さ》の証のようにも映った。孝二はひとしきり山岳部の活動を語り終えると、「俺のことばっかり夢中になってしもて。何度もきてくれてるのに、連絡もせんと悪かったな。ひとつのことをやりだしたら、のぼせてしまうのが俺の悪いとこやとわかってるんやが」とわびた。

「僕は、古川が元気やったらええねん」

聖一は思わず涙ぐんだ。孝二はあごをひき、聖一を見つめた。やがて喉奥に痰《たん》がからんだような声で「ありがとう」とかえしてから、「俺のことはそんなとこやけど、お前の方はどうなんや」と問いかえしてきた。

聖一は「まあ、何とかやってるわ」とあいまいに答えた。だが、やはり孝二だった。

「お前な、お前の顔に聞いてほしいことがいっぱいあるって書いてあるで」

聖一は孝二にうながされて近況報告をはじめたが、胸につまるものが多すぎてことばに迷った。

「お前、今も柔道部やろ。高校の練習きついやろ」

孝二が話を引きだしてくれたので、基礎体力作りの辛かったことを告白すると、孝二も山のトレーニングを紹介してくれた。孝二たちは放課後、校舎の階段を上りおりし、リュックに三十キロ近くの砂をつめて急坂を登り、天気図を書いて気象予報を学んだりするといった。

「古川は飛行機が好きやから、気象予報は得意やろ」

聖一はこの時、部屋中を飾っていた航空機の写真が一枚きりで、あとはすべて山の写真かポスターにかわっていることに気づいた。聖一が部屋を見回していると、孝二がいった。

「俺は、今は山一本や。お前は柔道なんかよりマラソンや山登りのほうがあっとるんやけどなあ。ひとりでコツコツやるタイプやと思うわ。そやけど、自分を甘やかさんためには、畑違いのことで苦労するのもええかもや。そういうとこは、お前らしいけどなあ」

聖一は孝二にそういわれるだけで、三年間クラブをやり切る自信がでてきた。こうした孝二とのひと時がいとおしかった。

聖一は孝二との軽いやりとりだけで気持ちが収まってきたので、自分の鬱屈《うっくつ》は黙っておこうと思った。明るくなった孝二に負担をかけたくなかった。だが、孝二が「お前、いいたいことがあってきたんやろ。早よ、吐きだせよ」といったので抑えきれなくなった。

「僕な、クラブ活動以外は、何をしても虚しゅうて」

孝二は聖一の気のすむまで耳をかたむけてくれた。

「俺もお前と話せたから気持ちが落ちこんでも持ちなおせたんや。そんな時こそ友だちやもんなあ」

孝二のことばに心が震えた。聖一は宗教団体などの集まりに参加して幻滅したことも口にした。

「宗教のことやったらおふくろに聞いたらええわ。おふくろ、クリスチャンなんや」

孝二はそういうなり階下におりていった。

「おい。おりてこいや。おふくろが肉焼いてくれてるから、食いながら聞いたらええで」

聖一が六畳の間におりてゆくと、ちゃぶ台の上には肉、それに胡瓜《きゅうり》とキャベツが満載された二つの大皿が並べられ、孝二はもちろん、佳代もその前で膝を揃えていた。

「辻さん、私の話を聞きたいって孝二がいうんだけど、私にたいしたお話ができますかねえ。でも、今日はお店を開くまでまだ時間がありますので、それまでならおつきあいできますよ」

聖一は佳代に対しては気持ちがあらたまってしまい、もじもじするばかりだった。そのようすに、佳代がそっといった。

「とにかく、おあがりなさいな。食べながらゆっくりお話ししてくださいな」

聖一はうながされて箸をとった。遠慮がちに肉片を口に運ぶ傍らで、孝二は中学時代にもそうだったが、胡瓜とキャベツを口の中に押しこむようにしてかみ砕いた。たちまち大皿の野菜が平らげられ、肉片を二、三枚ずつ頬ばって、唇の周りは肉汁と脂で光った。孝二につられて聖一もたっぷりと肉を口に入れた。やわらかく厚みのある肉とタレの旨さに思わず喉を鳴らした。現金なもので、その味に誘われるようにいいたいことがことばになった。聖一は教会や新興宗教の場を訪ねた折の感想や日頃の思いを告げた。

「神様とかいうけれど、僕には何も信じられません。僕は何のために生まれてきたのかもわからなくて」

聖一は箸を置き、両膝に爪を立てた。聖一が声を震わせて告白すると、それまでにこやかに応対してくれていた佳代は口元をひき締め、姿勢を正して向きあってくれた。その時、着物の襟元《えりもと》の真っ白な首筋には、繊細な鎖にちいさな十字架がのぞいていた。佳代は指で鎖を挟み、宙を見つめる目をして口を開いた。

「私にはねえ、辻さんが考えているような難しいことは答えられそうにもないですけどねえ。でも、神様はね、おられると私は思っていますよ」

佳代は最後の部分だけはきっぱりといった。聖一には快く響いた。今まで佳代のように真正面から受けとめてくれた大人は皆無だった。聖一はまばたきもせずに佳代の顔を見つめ、次のことばを待った。

「信仰するっていうのはね、あなたが嫌な思いを抱いたという、損になるか、得になるかで決めるようなものではないのですよ。信じるっていうのはね」

佳代は音楽の指揮でも執るように、右手指先や頭を上下させるしぐさを交えて強調した。

「この世には、私たち人間がどうあがいても到底及ばないことがあるのです。その及ばない所は神様に預けきってしまうことが大切だと思うのですよ。するとね、この世の幸、不幸と思えることのすべては神様のご意志で訪れているものだと信じられるようになるのです。それを信じきると、本当に平安で、静かな心になれるのです。それが信じることだと私は思っています」

佳代の話の途中に孝二が口を挟んだ。

「おふくろはそういうけど、神様って、見たことないし、だいたい何処《どこ》におるのかもわからんようなもんに自分のことをまかせきるやなんて、ようわからん」

　聖一は話の腰を折られた思いで眉をひそめた。佳代も細い眉尻《まゆじり》をつりあげるようにしてにらんだ。孝二は二人の顔を交互にながめて首をすくめた。

「僕も古川がいうように、そんな頼りないもんを信じる気にはなられへんというか」

　聖一は孝二のことばを復唱するように述べた。

「そう思うのはむりのないことですよ」

　佳代は深い声で受けとめてくれた。佳代は、そっと部屋の隅にあるちいさな額の中に収められた女の子の写真に目をやってから、ことばを継いだ。

「たくさんの人が死ぬのを見て来ました」

　佳代は祈るように手をあわせた。

　佳代はセピア色の写真の女の子にしみじみと目を向けながら、戦乱に翻弄された家族について語った。

「あの子は異国の地で飢えと寒さの中で息をひきとりました。そうしてようやく故国の地に帰還できたと思ったら、今度は次男の病死でした。でもそれが圧倒的な人々の運命でした。私はその時、思ったんですよ。人間にはどうあらがってもあらがいきれない大きな力というか、運命があるとねえ。そんな無力な私は何を支えに生きていけばいいのか。どうしたら苦しみ多い世の中を平安に暮らしていけるのかと考えますとねえ、私には神様の存在が魂の救いになったのです。すべては神様が与えてくださった試練なのだと、思えるようになったのですよ」

「おふくろの信仰の動機はわかるけど、今の話は辻の質問には答えてないで。一体神って何やねん。

おふくろの考え方やったら、戦争でえらい目にあわされた人らは全部、自然災害みたいな災難で、どうしようもない運命みたいにいうけど、それって戦争起こしたやつらには都合よすぎる考え方やと、俺は思うわ」

孝二はすこし突っかかるような口ぶりでいった。

「あなたたちはまだ世の中のことをよく知らないからそういえるのよ」

佳代もめずらしくむきになった。

「そんな世の中なんか知りとうないわなあ」

孝二は聖一に同調を求めるように声を高めた。

聖一は二人のやりとりに驚かされることがあった。それは親子で神様の存在や戦争責任の話を普段に交わしていたことだ。聖一は己の内面にこだわることだけで精いっぱいだったのに、孝二はそこまで社会に目を開いている。それをまっすぐ佳代が受けとめていた。

「あっそうそう。神様は何処におられるのか、というお話でしたね」

佳代は孝二とまともにやりあったことを恥じるように、頬を両手で軽くぶった。

「神様はね、姿、形は目には映らないけれど、心の奥におられて、私の中の善と悪を常に私に突きつけ、意識させる存在、それが神様だと私は考えています。人間が生きて行く上で犯してしまう罪の許しを乞い、己を裸にしてひたすら救いを求める。そこに生死を超えた心の安らぎがある。それを与えてくださる存在。それが神様だと私は信じているのですよ」

佳代は胸元の十字架をそっとにぎり締めた。

聖一は佳代のひたむきな姿勢に、信仰によって家族を亡くした悲しみや、孝二たちを育てる苦労を乗り越えてきたんだな、と理解できるものがあった。聖一はそれだけで神の存在を信じる気にはなれなかったが、佳代のいうように、己の行為の正否を問うもうひとりの自分といった存在を意識するようになっていたので、強い刺激を受けたことだけは確かだった。

――お前は、本当はそんなことを望んではいない。もっと強く正しい人間になれるはずだ――

聖一は内心の声に推されて柔道で鍛え、必死に本を読んでいるつもりだった。それがもし、自分の中に棲《す》む他者、神という存在が僕を叱咤《しった》し、常に意見してくれているとしたら……。聖一はそう考えると、僕にとって宗教や信仰とは何か、ということをもう一度考えてみる値打ちはあるな、と思えた。聖一は、一度訪ねたきりの教会や宗教の集まりの印象だけで判断してしまうのはまずいのだ、と思い直した。

――僕の悪いところは、すぐに思いこんで決めつける所や。もっと落ち着いていろんなことを見極めないとだめなんやなあ――

聖一は疼《うず》くようなため息をもらした。孝二は聖一と佳代の神様問答に倦《う》んで打ちきらせようとした。

「おふくろにこの話をさせたら長くなるんや。神さんを信じるのはおふくろの自由やけど、家族の者が戦争で死んだのは運命なんかと違うし、その時の辛さを神さんに解消するのはやめた方がええと、俺は思うねん。俺やったら戦争に反対するか、絶対逃げたるわ」

「あなたはそういうけどねえ。反対とか、逃げるとかできる時代じゃなかったんだから。憲兵や特高がいて、がんじがらめにされていたんだからね。それはどうしようもない大きな力だったんです」

佳代はふり絞るような声をだした。

「苦労した、辛い目にあわされた、とばっかり聞かされてもうっとうしいだけや。そんなに嫌やったら反対したらよかったんや、といいたくもなるで」

孝二がいうように、聖一も両親の戦争体験を聞かされるたびに同じ思いを抱いた。佳代はため息をもらして畳に視線を落とした。

聖一は佳代の横顔をながめていると、なぜか切なくなって何かをいわなければと思った。でも、孝二が声のトーンを落として先にいった。

孝二はきつくことばをかえしたことを反省しているようだった。

「俺、おふくろが苦労してきたのはようわかってるんや。そやからその原因を作ったやつらに腹が立つんや。おふくろもそんな連中にもっと腹を立ててほしいんや。それを神様とかいうもんで解消せんといてほしいだけや」

「いえ、あなたにこそつらい思いをさせましたよ」

佳代は声をくぐもらせ、聖一の方に向きなおった。

「辻さん、この人はねえ」

佳代はあらたまった口ぶりでいった。

「小学二年生頃まで布施市の伯母さんの家に預けていましてね。満州からひき揚げて、何人もちいさな子を抱えて仕方なくてね。この人が三歳の時でした」

聖一は孝二の里子体験をはじめて知らされた。

「この人が小学三年生になってようやくちいさな店を構えられるようになり、一緒に暮らせるようになったんですよ。姉は所帯を持って、兄は会社の寮生活で、今は孝二と二人きりの生活で、その分、この人、わがままを通していますけれどね」

佳代は湿った口ぶりに最後は含みわらいを交えた。

「俺、辛いと思ったことなんかないで。まあ、伯母さんの所より自分の家のほうがええに決まっとるけど」

聖一は孝二の話にふと頭によぎるものがあったが、すぐにははっきりと自覚できなかった。佳代はまだいい続けることばがあったようだったが、孝二がうるさがった。

「もう三時前やで。店の準備せなあかんのやろう」

「はい、はい。もうこんな時間なんだ」

佳代はすこしなごりおしそうに店にでて行った。

「好きなだけしゃべって行きよった」

孝二が皮肉まじりにいうと、「僕は、ええ勉強になったわ」聖一は本心からいった。

「おふくろも、あんな話できてうれしかったんやで」

聖一もそれを聞いて安心できた。

「古川は小学二年生まで伯母さんの家にいたんやな」

聖一のつぶやきは何気なかったが、孝二は顔をへしゃげるように口元をゆがめ、眉根をきつく寄せた。

「伯母さんの子らに意地悪されて、俺の居場所なんかなくてな。おふくろにはいわんかったけど」

山岳部の活動や佳代とのやりとりの口ぶりとは違って、ことばをかみ潰すようにいった。

孝二は里子体験を経た気持ちを語った。

「俺、二度とよそにやられんように勉強も運動も一生けんめいにして、優等生になっておふくろを喜ばしたろと思って、中学校でお前と同じクラスになった頃は、先生からいわれたことは何でもはい、はいと聞いて、おふくろが学級懇談会でほめられたというて喜んでくれたんが、俺の張りあいやったんや」

孝二は佳代の元に戻ってけんめいに優等生を演じていたのだ。

「しんどかったんやな」

聖一がぽつりともらすと、「中学三年生になった頃から、気に入られることばっかり考えてる自分が嫌になったんや。それにええかげんな先生ばっかりやったし」。孝二は頬のかさぶたを乱暴にむしりとった。

聖一は孝二の話に耳をかたむけていると、先ほど心にひっかかっていたものがはっきりと意識された。

兄の耕一のことだった。折にふれ、耳にしているはずだった。だが自分のことで精いっぱいで聖一の裡《うち》を素通りしていた。それが今、里子体験が孝二の心に落とした陰を知るにつけ、耕一のことに重なって迫ってきた。

耕一の中学時代は母親の初江が絶えず学校に呼びだされ、高校時代になると、警察沙汰で身をひきとりにも行っていた。耕一を挟んで初江と清次郎が夜遅くまで話しこんでいた。夜中、小用に立って耳にする初江と清次郎の声はくぐもってくどさがあった。

「親に捨てられた俺の気持ちがわかるかい」

耕一の声は濁って凄みがあった。

「あの時は、お父さんが兵隊に行ってどうにもできんで、玉田の家は姫路では大きな農家やから、あんただけでもひもじい思いをせんでもええのやないかと」

初江は涙声をだしていた。

「俺が玉田の家でどんな目におうたと思っとるんや」

姉の和江からも何度か聞いていた。

「兄ちゃん、ひとりぼっちやったんや。そやからあんじょうしたらなあかんのや」

和江はそのことば通り、耕一が非行を続けていた時でも、兄の肩を持った。初江や清次郎には食ってかかる耕一も、和江のいうことには耳をかたむけた。

初江は聖一や和江には頭頂に抜けるような金切り声で責めるのに、耕一に対しては、最後にはしりすぼみになった。

初江は耕一への態度を清次郎にとがめられたが、聞き入れなかった。

「あいつをそんなに甘やかしてどうするんや」

聖一にもずっと疑問だった。だが孝二の話を聞いて、耕一や初江の気持ちがすこしは思いやられた。

――僕もこれからは自分のことばかりと違って、すこしは皆に気を配れるようにならなあかんなあ――

聖一は自分にいい聞かせながら、孝二と耕一が同じ体験をした意味がふいに閃くように理解できた。

――そうか、戦争って、子どもを餓死させたり、よその家にやってひとりぼっちにさせたりするもんなのか――

聖一はそのことを意識して孝二にたずねた。

「古川はさっき、戦争起こしたやつの責任みたいなことをいったけど、どこでそんな話聞いてきたんや」

孝二はニヤリと笑《え》みをもらして種明かしをした。

「駅前でいつも演説しとるのを知らんか」

聖一は首をかしげた。

「あのなあ、自転車に旗立てて、ひとり大声だしとるおっさんがおるやろ」

聖一はそういわれればと、寺田町駅前の雑踏の中からマイク音がするのを思いだした。野太くよく通る声だった。

「池田内閣のアメリカ帝国主義追随を糾弾しましょう。アメリカのキューバの海上封鎖で戦争の危機が迫っています。被ばく国民として私たちは断固反対」

その時は、聖一にとってはただの町中の騒音と一緒だった。だが孝二はその訴えに注意をひかれ、やがてしっかり聞くようになったという。

「戦争をはじめた連中が今も大きな顔して政治家になったり、警察や自衛隊で顔利かせてやな、その一番の親分の天皇が責任とらんとか、おっさんの話聞いてると、うちのおやじが戦死して、おふくろがそのために苦労させられたり、兄貴や姉も死んだり、俺かてよその家にやられることもなかったんやと、俺、その犯人、絶対いつかやっつけたる、と思ったんや」

孝二はまくし立てる口調になった。聖一は孝二や耕一の里子体験の話を通して戦争を身近に考えられるようになったが、たった今の孝二の話はまだよく理解できなかった。

「今度、おっさんが演説しとったら聞いたらええわ」

聖一は孝二や佳代と話すと、やはり手応えがあってほくほくとしたものがあった。

第六章　女教師と新しき友

二年生になった。聖一にとってはかわり映えのしない日々の続きといえた。変化といえば、クラス替えと、担任がかわり、柔道部の荒井先輩が卒業して、主将が漆原鉄二になったことだった。荒井のいないクラブはどこか空気がゆるんでいた。最近、けがが増えていた。荒井が「集中せんかい」と常に厳しく叱咤してきたのは、いいかげんな練習態度はその原因になるといいたかったのだ、と気がついた。

漆原は荒井と違って力に頼る柔道だった。聖一はその日の練習で九十キロを超える漆原にのしかかられ、苦しまぎれに背負い投げの体勢になった。手首に渾身の力をこめて巻きこんだが膝から崩れ、ねじった手首の痛みで悲鳴をあげた。

「どんまい、どんまい。もう一丁来い」

漆原は部厚い胸を叩き、はっぱをかけるばかりだった。聖一は腹が立って、「保健室に行って来ます」といい捨てて道場をでて行った。荒井がいた時には考えられない先輩に対する態度だった。荒井は練習には厳しかったが、部員の不調やけがに対してはきまじめに対応してくれた。

保健室は道場の東側、グラウンドに通じる通路を隔てた校舎の一階、職員室の手前にあった。六畳ほどの部屋はクレゾール液のにおいが鼻を刺激した。重い木製の戸をひくと、左手に机があり、右手には薬棚があった。奥にはカーテンで仕切られたベッドの脚が見えた。ひっそりして、人の気配がなかった。聖一は部屋を見回し、壁の人体図をながめて突っ立っていた。背後から声がした。

「ごめんねえ。待たせちゃったかなあ」

息を弾ませるようなリズムで話しかけて来た。白衣に包まれた体はふっくらしていて、頬や額も肉づきがよく丸顔だった。

「今日はどうした」

たずねた先生の胸の名札には、仲間亜希子とあった。一年以上も在学しながら知らなかった。

「ここをねじってしまって」

仲間は軽く聖一の手首を指で押し、「この頃、君の所はけがが多いなあ。荒井君がいた時にはこんなことはなかったんだけどなあ」仲間は何気なしにいった。だが聖一はやはりそうなのかと思った。

「この間は頭を打って担ぎこまれただろう」

仲間は一週間前の部員の脳震盪《のうしんとう》にふれた。

仲間は聖一の手首に貼り薬を処置すると、「よっしゃあ。これでいいかな」と薬箱を棚に戻した。

聖一が礼をいって退出しようとすると、「コーヒーでも飲んでいくか」と勧めてくれた。

「荒井君も先生のコーヒーは旨いって催促したんだ」

意外だった。荒井の軽口など一度も聞いたことがなかった。

「君は二年五組の辻君だろう」

仲間が確かめるようにいった。

「君はここへくるのははじめてだろうけれどもね。運動部に所属している生徒の名前と顔ぐらいはだいたい覚えているんだからね」

仲間はそういっていたずらっぽい笑顔になった。眉が濃く、大きな瞳がいきいきと動き、口元にちいさなえくぼができた。仲間はコーヒーカップを聖一に手渡しながら話を続けた。

「運動部の連中にはけがつきものだからさあ。とくに柔道部にサッカー部なんかはここの常連でさあ。名前を覚えることが第一の仕事でもあるんだなあ」

聖一は軽くうなずいていたが、荒井のことに話が及んだので思わず耳をそば立てた。

「荒井君なんか、クラブの練習のない放課後にコーヒーを飲みによくやってきたもんだよなあ」

仲間は懐かしむようにいった。

「荒井君は学校では強面《こわもて》に見えるけど、家ではからっきしでさあ。おふくろさんだけでなくて、妹の京子さんからもぼろくそでさあ。それがおかしくって」

聖一は荒井の意外な一面を聞かされて興味深かったが、仲間が荒井について詳しいのが不思議だった。

「荒井先輩は近寄りがたくて、恐い人でした」

聖一は正直にいった。

「くる連中、皆そういうんだよなあ」

仲間は語尾を長くのばしてもらした。

「あいつは人情家で熱いやつなんだよ。柔道部の在日の子が突然姿を消してね。両親が借金の連帯保証人で夜逃げしてしまったんだなあ。荒井君、その時、ひと言俺にいってくれたらおやじや親戚に相談して力になったのに、と号泣してね。それで彼は高校卒業したら信用金庫に入って融資なんかの勉強をして、同胞のための金融業をやるっていってたなあ」

仲間は荒井をほめてから、荒井の聖一評にもふれた。

聖一は荒井の自分への評価が信じられなかった。

「もやしみたいな体しとるが、練習のきつさに退部するやつが何人もいるのに、一生けんめい練習しよる。あいつは根性がある」と仲間に告げたという。

「僕のこと、そんな風に見てくれてたんですね」

聖一は感激した。

「彼はね、日本のやつらに負けたり、舐《な》められるのには我慢がならなくて、本当の気持ちを表すことに慣れていないんだよなあ。私がそんなに気張ることないんじゃない、というとさあ、あいつ、細い目をつりあげてにらみつけてきてさあ。その時、私は気づいたんだなあ。荒井君たちの差別への怒りというのかなあ。何時も山嵐みたいに毛を逆立てているのもわからないわけでもなくてさあ。でも、それってちょっと哀しいよなあ」

聖一は、仲間が荒井の気持ちをそこまで受けとめられたのはなぜなのか、と考えた。仲間はそれと察してことばを継いだ。

「この学校は猪飼野《いかいの》や鶴橋が近いだろう。在日の生徒が沢山在学しているし、その人たちのことをよく知りたいと思ってさあ。特に猪飼野ってさあ、日本で一番在日の人が多い所だろう。どうしてそこに集まって住むようになったのか、その歴史も知りたくてさあ、鶴橋にある『朝鮮文化研究会』に参加するようになったんだなあ」

仲間はそこまでいって、「ところで、君は猪飼野にどうして在日の人が多いのか知ってるかい」と聖一にたずねた。聖一は首をふった。

「あのさあ、私が聞いたところではさあ、あの平野川ってのは、昔は百済《くだら》川っていって曲がりくねってよく氾濫《はんらん》したというんだよ。低湿地帯だからたえず床上浸水までしたんだよな。それで一九二〇年代頃に、まっすぐに改修するための工事が必要で、朝鮮から職を求めてきて土工になった人たちのために飯場が建てられたのが発端で、その後、日本に渡航してくる人たちが自然に集まるようになったということらしいよ」

聖一には高校生になるまでまったく知らない話だった。

「まあ、朝鮮で農業をやっていたのに、日本に土地をとりあげられて食い詰めてやってきた人たちが多かったらしいんだな。なにしろさあ、自分の耕作地が日本の役人に『国有未墾地利用法』とかなんとか名目をつけられて、日本人に奪われたんだからね。日本は朝鮮から安い米を大量にとりこもうとしてそうしたというわけさ。これは米だけじゃなくてさあ、あらゆる資源をあさりつくして、最後には、人間までかっぱらってきて強制労働につかせた歴史があるんだな。遅れた朝鮮に鉄道をひいた、建物を建てたなどと文明をもたらしたなんていってるけどさあ、それは日本の都合のよいように朝鮮の資源や富を吸いあげるための『近代化』だったんだよ。

まあとにかく、初めの頃は、朝鮮本土南部の人たちもいたけど、済州島民をなにかといえば差別するので、乱闘まで起こってさあ。最後には済州島民が勢力を強めて、今はほとんどが島の出身の人たちだといってたなあ。まあそんなことも『朝鮮文化研究会』で教えてもらってね」

仲間はそこで一息入れてからつけくわえた。

「まあ、そんな勉強会をしたあとにいつもくりこむのが荒井君のおふくろさんが開いている焼き肉店でね。今では、荒井君よりもおふくろさんや店を手伝っている妹さんと親しいってわけなんだな」

聖一は仲間の話を聞いて、あらためて自覚させられたことがあった。

――自分の周りにはたくさんの在日の人たちがいる。どうしてこの地域に集まり、暮らしているのかなんて考えたこともなかった。ましてや、この人たちに「文化」があるなんて思いもつかなかった
――

仲間はそのことについて、手放しで賛辞の声をあげた。

「とにかくさあ、朝鮮文化って、すっごいんだから。白磁なんか気品があって、そりゃあ素晴らしいんだ」

聖一は仲間の熱のこめ方にわずかに白けるものがあった。仲間は「ごめん。押しつけちゃったかな」と舌をだした。その表情に愛嬌があって、聖一は釣られるように応じた。

「その文化の話、今度ゆっくり聞かせてください」

「私は惚れこんだらみさかいなくてね。誰彼なしに吹聴しちゃって、困ったもんさ」

仲間は自分の吐いたことばをひとりおかしがって舌をのぞかせ、出身の話までしてくれた。

仲間亜希子は静岡県生まれで、祖父は沖縄の人だという。

「大阪にきて気にいったのは環状線なんだよなあ」

仲間は突然のように話の矛先をかえた。

「東京の山手線は谷底を走っているようで見晴らしがよくないんだよ。それにくらべると、こちらの環状線は生駒山が望めるし、大阪城に戦争遺跡をなまなましく見せてくれる砲兵工廠跡だろう。桜ノ宮の造幣局の桜に通天閣。それに海も見えるし。ちょっとしたパノラマなんだなあ。大阪にきて最初の頃はね、何度乗っても飽きなくてね。それに鶴橋の焼肉に天王寺の新世界の串カツ。それからお好み焼きにたこ焼きだろう。大阪って何て食べ物が安くておいしいんだろうって感激しちゃって。おかげでこんなに腰が太くなっちゃって」

仲間は腰に手をあてて自分の体を点検するしぐさをした。聖一には仲間がいうほど太目には映らなかったが、ふっくらした体形でそう見えなくもなかった。ちょっと厚めの唇と豊かな頬の肉が確かに食いしん坊ぶりを表していると思えた。聖一はコーヒーの残りを飲み干し、時計を見あげた。保健室にきて三十分は経っていた。仲間はコーヒー茶碗を片づけながらさらにいった。

「どの駅に降りてもエネルギッシュだし。入り組んだ路地と家がひしめいて、人びとの体臭がする町の広がり。その中心にでんと大阪城がかまえているっていう図。それが環状線沿線の魅力なんだなあ」

　聖一には見慣れた環状線からの風景だったが、仲間の好奇心の持ち方が新鮮だった。

「私はさあ、今大正区に住んでいるんだけど、そこに沖縄の人が多いって聞いて何となく住むようになったんだけど、環状線沿線には生野地域の猪飼野なんかもあってさあ、その点でも地域ごとに特徴があって、それですこし地域史みたいなものを勉強したいと思って『朝鮮文化研究会』なんかにも参加するようになったんだなあ」

　仲間は最後に、「大阪に住んでいる君たちは幸せなんだよなあ」と念を押すようにつけくわえた。

　聖一は仲間の大阪讃歌を聞かされて、環状線内外のそれぞれの区・地域の特徴をあらためて発見する思いで意識し、自分の住んでいる町を俯瞰《ふかん》してみる気持ちになった。

　環状線円周内地域のほぼ中心部を南北に貫く御道筋《みどうすじ》。その南端の難波から大阪駅・梅田への沿道には銀行や商社などの大手企業のビルが立ち並んでいる。その道路下には地下鉄が走り、中間駅には薬や繊維などの問屋が集まる道修町《どしょうまち》に船場の街があった。

　聖一は御道筋の銀杏並木が好きだった。難波や梅田で本を買う時など、地下鉄には乗らず真っ直ぐ北にのびる歩道をたどった。そうした都会風の街並みと違って、環状線の外周にはちぎり絵のようにひしめいている屋根と路地。それに零細な工場や倉庫群が目に入るばかりだった。聖一は毎日ながめている大阪環状線からの街並みの下には、モザイクのようにいろんな人々が暮らし、生きているんだなと、広々と見渡す気分になった。

これまでの聖一には、密集した路地と野卑な人たちの体臭にむせかえるような町への嫌悪感しかなかった。だが、仲間はそんな町に住んでいる聖一たちを幸せだといった。

聖一は仲間のことを、物好きだな、と思った。それにくわえて、仲間は「地域史を勉強するってね」とこうもいった。

「ただ資料を読むだけじゃなくて、たとえば砲兵工廠跡地に立って、爆撃で吹き飛ばされ焼かれた人たちの悲鳴に耳を澄ます。この大阪のこの地であったことを体感する。そんな生の勉強の貴重さがあるんだな。君、京橋駅が爆撃されて何人の乗客が亡くなったか知ってるかい」

「二百人ぐらいだと、おやじに教えてもらいました」

聖一は答えながら、自分の住んでいる土地について無関心すぎると思い知った。今度、環状線に乗ったら自分も一周して窓から景色をしっかりながめ直して見ようと思った。

「またコーヒー飲みにきていいですか」

聖一がたずねると、「ああ、いつでも歓迎するけどさあ。ただし、けがの持ちこみだけはできるだけ遠慮してもらいたいもんだよなあ。君とこだけと違ってさあ。サッカー部の連中に体操部も多いんだよなあ。一日に十人近く押しかけて来ることがあって、てんてこまいになることがあるんだから」仲間は白衣の裾をひらつかせて軽くいった。聖一は道場に戻りながら、仲間のいましめとは反対に、たまにはけがをしてもええもんやな、とひとりごちた。

席替えがあった。グラウンドに面した窓際の席に移った。居眠りしやすく聖一には都合のよい位置だった。だが後部席の高山勇作のせいでどうも落ち着かなくなった。高山は背が高く脚が長いせいか、聖一の机の脇まで足を投げだして来た。それに絶えず消しゴムや鉛筆を貸せと厚かましかった。

「すまん。鉛筆全部折れてしまいよった。一本拝借や」

　高山は返事も待たず、背後から聖一の筆箱に手をのばした。それに「こいつは教科書読んどるだけや」と教師の授業に点数をつけては、聖一に耳打ちした。最初の頃はそれをうるさがっていた。だがその教師評が的確なので自然とひきこまれていった。

「綾野は一年の時のお前の担任やったな。受験対策みたいなことしかしゃべらんつまらんおっさんやで」

　聖一は思わずあいづちを打って、高山と親しく口を利くようになった。授業中の二人の話し声はだんだん大きくなって廊下に立たされることがあった。聖一たちは廊下にだされたことをいいことに、遠慮なく雑談にふけった。とくに高山は喉奥までのぞかせて、高くわらい声を上げるので教室内まで響いた。

「お前ら、立たされてるのに謹慎せんかい」

　教師の一喝に高山は悪びれることもなくいった。

「わし、頭悪いからすぐ忘れますねん。これからは犬みたいにちんと謹慎しますさかいに、勘弁ですわ」

　聖一は思わず吹きだしそうになった。本音をいえば、教師にどやされた時、ちょっと縮み上がったところがあったので、高山の弁でよけいに解放感があった。百八十センチに近い背丈の高山に見下ろされる格好の教師は顔を真っ赤にしたが、舌打ちしただけで教室に戻った。

「高山。お前、あいつにあんな口利いたらあとでねちねちやられるで。あいつしつこいんやから」

　教師は生徒の日頃の生活態度に目を光らせている生活指導担当でもあった。

「あんなやつ。親が市会議員とかＰＴＡ役員の生徒には甘いんじゃ。何が生徒指導や」

高山はそれまでとは違って、鋭い目を教師に向けた。クラブの練習がないある日、高山が誘った。

「辻。ちょっとつきあえや」

「どこへ行くんや」

聖一がたずねると、「まあ、ついて来いや。悪いようにはせんわい」高山らしいセリフだった。

高山は商店街にある喫茶店に誘った。聖一は一年生の時にもクラスのやんちゃな連中と駅前の店に入ったことがあった。その時には、彼らとの会話で自分が同席する場ではないな、と一度で出入りしなくなった。聖一は今回も何も期待しなかった。

細長い店内の一番奥にボックス席があった。柱の陰に隠れてすぐにはわからなかったが、高山が手を挙げて、「おう」と合図したので先客がいるのに気がついた。席の前に立つと他クラスの小坂悟が壁に頭を預け、足を投げだしていた。聖一が会釈すると、小坂は眠そうに目をしばたたかせて軽く指を立てた。聖一と高山は制服姿だったが、小坂はセーター姿になっていた。目の前の灰皿の上でタバコの煙が立ち昇っていた。聖一はやっぱり場違いな所へ来た思いで、席に腰を下ろすのをためらった。

「まあ、座れや」

高山が聖一の両肩に手をかけて席につかせた。聖一は席の端に尻を乗せる姿勢で小坂と対した。小坂は聖一の顔をまじまじと見つめてから、灰皿のタバコを指に挟んで口元に持って行った。まったく印象が悪かった。

「小坂がお前と話してみたいといってたんで、ほな俺が連れて来るわ、といったんや」

高山は聖一と小坂の仲をとり持つようにいった。

「辻は小坂のことはあんまり知らんやろうけどなあ」

高山は小坂の個人的事情と聖一に関心を向けたきっかけを本人に代わって説明してくれた。小坂は結核で三年遅れてK高校に入学して、今は二十歳だという。そういわれてみると脂っ気のない髪といい、血の気のうすい肌色が陰気臭かった。

「まあ、俺らには小坂は兄貴みたいなもんで、タバコや酒をやってもええ歳なんや。そやけど校則があるから、高校生にあるまじきやつでもあるんや」

高山がいつもの口調で、面白おかしく紹介した。

「そういうお前は女のけつばっかり追いかけとる」

小坂は投げだしていた脚を組み、上体を起こした。

「ほっといてくれるか。女がほっておかんのやから」

「お前は調子がよすぎるんじゃ」

小坂の口ぶりは辛辣《しんらつ》だった。

「高校生にあるまじき人にいわれとうないわい」

二人のやりとりにはついていけそうにもなかったが、小坂の印象は高山とのやりとりの中でかわった。

聖一は好きなことをいいあっている二人がうらやましかった。普通なら喧嘩になりそうな会話でもあった。聖一も親友の古川孝二と話す時には心底からのやりとりはあるが、こんなテンポできわどい内容を交わしたことはなかった。孝二との間では、いつもせっぱつまった空気感があった。互いに鬱屈した気持ちの救いを求めるというのがふさわしかった。話しこんだあとは満たされ、気分が落ち着いた。だがその反面、孝二の重さもひき受けることになり、己の悩みにも被さって疲労感に襲われることがあった。小坂と高山の応酬には快いテンポがあった。聖一が黙って話を聞いていると、突然、小坂がたずねた。

「辻は藤村《とうそん》が好きなんか」

小坂は、国語担当教師が聖一の読書感想文をとりあげて激賞したことから、関心を持ったという。その対象作品は島崎藤村の『夜明け前』だった。聖一は国語の宿題としてその感想をまとめて提出していた。

青山半蔵は明治維新直前の時代の中で、木曽の山奥の村で庄屋としての役割を強いられながらも、新生をめざす社会の動きに参画したいと苦悶する。だが、やがてきたった世に裏切られて発狂してしまう。

「まじめに新しい社会のために生きようとした半蔵が、その社会に裏切られるのが辛くて」

聖一が感想を述べると、「ああ、あれは痛切な作品やのう。悲劇的な人生やが、人間の真実がつまっとるというか」小坂は感情をこめて大きくうなずいた。

「そやけど、藤村は情念の塊みたいな作家や。姪とどうのこうのとうっとうしすぎるんじゃなあ」

小坂は自分が吹かしたタバコの煙で顔をしかめながら論評した。高山がそこへ茶々を入れてきた。

「ほんまに藤村は暗うて、陰気や」

「お前は読みもせんと要らん口挟んでのう」

小坂はあごをしゃくってかえした。

「あんたらの話が暗い、といいたいんやがな」

高山はよけいに冗談口を利いた。

「小坂は文学の話になると見境がないんや。最後にはニーチェやカントとかご高説をのたまいはるんや」

高山は大げさに手を広げて肩をすくめた。

「お前が本を読まなさすぎるんじゃ」

小坂は遠慮なくなじった。

「本を読まんでも、あんた以上に人生はわかるわい」

高山も声を大にしていい放った。

小坂は高山との話を断ちきり作品評に戻った。

「すまんのう。『夜明け前』を読んで、それを論じるやつがこの高校におるなんてうれしゅうてな」

小坂は脂っ気のない髪をかきあげていった。

「そやけど、ドストエフスキイには負けるけどのう。『罪と罰』や『カラマゾフの兄弟』などは根源的な人間存在の真実を問うて、魂をゆさぶられるんじゃ」

小坂は自分の胸元に指を突き立てて熱く吐いた。

「小坂さんは外国文学の方がいいんですか」

「そうなんじゃ。日本の作家はちまちましとって窮屈でな。とくに私小説とかいわれる作品は好きになれんのう」

「ほれほれ、小坂のご高説がまたはじまりよるで。お前ら、もっと他におもろい話ないんか」

高山が再びちょっかいを入れたが、聖一は小坂の話に鳥肌が立った。古川孝二とは互いの気持ちの重さだけでことばを交わし、共に気持ちが沈んでゆくことがあった。でも文学の話題を通してなら、問題が深まり、気持ちが広がっていくことが発見できた。自分はこんな話がしたかったんだと、小坂にひきあわせてくれた高山に感謝するものがあった。

「わし、こんな話できるの久しぶりや」

小坂も蒼ざめた肌色をほんのり朱色にした。

「わいはしょんべんに行って来るわ。わいが帰って来たら、お前らの話は今日は打ちきりじゃ」

高山は高言して、便所に立った。

「あいつはあんな口を利いとるけど、昆虫のことになると虫博士といってもええんじゃ。家には蝶々《ちょうちょう》の標本がいっぱいあってな」

小坂は高山の意外な面を教えてくれた。さらにつけくわえて別の面も披露してくれた。

「詩も好きでな。あいつの国は詩人の国やからな」

聖一は高山と詩が結びつかなかったが、小坂の「あいつの国」発言に思わずつぶやいた。

「高山は在日なんか」

「そうじゃ。母国名は高日成《コイルソン》っていうんじゃ」

聖一は自分の周りにはそうした友だちが多いことをあらためて認識させられた。

「中学生の時におやじさんが死んで、六人弟妹の長男やから高校卒業したら家業の金属の取引の仕事を継ぐんじゃ。あいつも苦労しとるんじゃ」

聖一はその話を下腹に力をこめる思いで聞いた。

小坂は高山の性格を詳しく話してくれた。

「ああ見えて、あいつはまじめで、正義感が強いんじゃ。サッカー部の部室でタバコを吸うやつがいて注意してもやめんのでつめ寄ると、その場は収まったんじゃが、先輩があいつらにあんまり関わったらうるさいんやから、と差別的に耳打ちするのがわかって頭に来たというとった。サッカー部も辞めよった」

高山が戻って来た。

「おう、お二人さん。わいのおらん所でせいぜい悪口いうてくれてたんやろ。まあそれは許すとしてやな」

高山はあいかわらず大きな声で放言して、足を投げだすように席についた。

「辻はまたニーチェやカントを聞かされたんかいな」

「もっとええ話やった」

聖一が答えると小坂が薄くわらっていいかえした。

「わしは今はヘーゲルや。弁証法の考え方に目からうろこなんじゃ。お前には馬の耳に念仏やろけどな」

高山は小坂の哲学の話題を一蹴した。

「何じゃそら。何を弁償するやて。この間もただもの論とかいうわけのわからん理屈をのたまいやがって」

高山は小坂のことばをギャグにかえてしまった。

「それは唯物論というんじゃ。弁証法かて、人間や自然の本質を根源的に問う哲学的命題なんじゃ」

小坂は大事な問題を茶化されてすこし気色ばんだ。聖一にもちんぷんかんぷんだった。弁証法の響きは、弁天様に聞こえたし、唯物論は高山のいう通りにしか読めなかった。でも「人間とは何か」の問いに応えてくれるものなら、自分も勉強してみたいと思った。

「あんたのお好きな哲学の命題とかの話の相手が見つかってよかったでんなあ。辻もありがたがって聞いとったら日が暮れてしまうで」

高山はもう一度茶化して聖一にことばを向けた。

「辻。せいぜいこの先生につきおうたんなはれ」

小坂は顔をしかめてから、「わしもちょっくら済ましてくるわ」と席を立った。

小坂が手洗いに立つと、高山がそっと告げた。

「小坂の兄貴、京大生でな。全学連の活動家で、安保闘争の時には国会前でデモをしたそうや」

高山は小坂に影響を与えている兄のことを語った。

口の悪い高山だったが、小坂が不在の時には最大限褒めことばを使った。

「小坂は兄貴の影響でマルクス、レーニンとかいうおっさんの名前を口にするようになったんやが、読む本の量が半端やないんや。その点で、アホなわいやけど、あいつとつきあってると勉強になるんや」

高山が自分を卑下したようにつけくわえたので、聖一は思わずいった。

「高山は昆虫博士なんやろ。小坂がいうとったで」

「わいはそんな偉いもんとちゃうわい。昆虫見てたらけなげでな。あいつらはな」

高山はもう一度謙遜しながら目を細めた。昆虫の話になると声が上ずった。

「僕は昆虫は苦手やな」

聖一は正直にいった。

「そやけど、蟻《あり》は働きもんで、自分の体の何倍もある餌《えさ》を運びよる。あの動きを見てると、わいは感動するんや。それにたった八日間しか生きられへん蟬《せみ》なんかのことを思うと、切のうなって。蝶々かてあの木の葉みたいな身ではるばると海を越えてくるんや」

高山の語り口にはロマンがあり、広々としたものが感じられた。聖一はしばらく高山の昆虫論を拝聴してから、話を転じてみた。

「高山は詩人や、とも小坂がいうとったけど」

「ほっほう、あいつは何でもぺらぺらとしゃべりやがってからに。まあ、詩は好きやなあ。小説と違《ちご》て、ひと言ひと言がナイフの切っ先みたいに突き刺さってきよるところがわいには合っとる」

高山は今度はまっすぐに肯定した。

「高山が好きな詩人って誰なんや」

「中原中也にボードレール、韓国の高銀《コウン》もええ。『人生は一行のボオドレエルにも若《し》かない』と芥川龍之介がいうほど、詩には魂が凝縮されとる」

聖一は高山と小坂の共通点が見えた気がした。小坂が戻ってきて席に腰を下ろすなり感想をもらした。

「今日は辻と話せてよかったのう」

聖一は、孝二以外に己の考えをぶつけられる友だちができた喜びで、もう一度問いを発した。

「人間って一体、何なんやろ。生きるって何やろ」

「考えすぎやで。わいならぱっと発散してしまうわ」

高山の今の口調には茶化すニュアンスはなく、まじめな響きがあった。

聖一の人間存在への問いに小坂がぼそりといった。

「タンパク質じゃ」

聖一はぽかんとして聞いた。

「アホか。そんなんいうたら身もふたもあらへんで」

高山があきれた声をだしたが、小坂は澄ましていた。

「人はパンのみにて生きられんというが、パンなくしては生きられん、というのが絶対的真理じゃ」

「あんたの好きな絶対的真理はええけど、精神というもんがあるやろ。そやから宗教かて生まれた」

小坂は高山のことばの途中ですかさず反論した。

「宗教は人間の心を眠らせるアヘンなんじゃ。この世界は、人間もそうやが物質でできとる。心とか精神ちゅうもんは物質的存在を基礎にしてやな」

小坂は一気にしゃべった。高山は両手を広げて肩をすくめた。聖一には小坂の論はとても理解できそうにもなかった。だが、「人間・タンパク質論」は衝撃でもあった。幾重にもベールをかけられ、目隠しされたものがいきなりとり払われた感があった。聖一はまったく新しい角度で物の見方、とらえ方というものに目覚めた気がした。

「ああ、今日はここまでにしとこうや」

高山が大きくのびをすると、小坂も素直に、「ほんまにのう。ちょっと疲れたのう」と矛《ほこ》を収めた。

聖一は話が打ちきられるのはもの足りなかったが、その内容の濃さにたっぷりとした満足感があった。

「ありがとう」聖一が思わずもらすと、二人は顔を見あわせて「また話そうや」と応じた。

「まあ、あいつに負けんように勉強しよか」

高山の口から勉強ということばが飛びだしたので意外だったが、聖一の中で高校生になってはじめて勉強への意欲が湧いてきたのも確かだった。それになぜかいつも重苦しい後頭部や胸のつかえが消えて、冴《さ》えた気分に満たされた。


夏休み間近に職員室に呼ばれた。

「辻、これでは進級もおぼつかんぞ。夏休みには補習もあることやし、もうちょっとがんばらんか」

担任の渡辺は聖一の期末試験結果にため息をついた。数学が規定の点数に及ばず落第の対象者になるのだ。聖一はよりによって一番苦手な数学の教師が担任なんてめぐりあわせが悪いなあ、とひとりごちて床面のシミを見つめた。

渡辺は一向に要領の得ない聖一にジュースの瓶を渡した。聖一は素直に受けとって喉に流しこんだ。お蔭で渇きが癒され、今の気持ちをもらした。

「毎日が虚しゅうて。勉強する気になれんのです」

渡辺は眼鏡を押しあげ、髪をかきあげた。たまには櫛《くし》で梳《す》いたらいいのに、と思わせるほどもつれきっていた。渡辺は指先で頭をしごきながら、しばらく思案するように宙をにらんでいた。聖一は平板な渡辺の横顔を見つめ、間が持たなくてことばを継いだ。

「生きてる、存在している意味がわからへんのです」

聖一は渡辺に自分の気持ちを素直に話せるのが不思議だった。渡辺はホームルームの時間に課題を与えて、よく討論させた。時折、世界の名著や偉人伝を紹介して感想を述べさせ、その生き方について話しあいをさせた。渡辺はそのあとに、かならず豊かに生きるとはよき知性、精神に出会うことだと強調した。渡辺の日頃の姿勢が聖一に好感をもたらしていたようだった。小坂や高山と腹の底から交流できたことで、すこしは心を開くことに慣れはじめていたのかもしれなかった。

「本当はいろんなことを知りたいんです。そやけど」

渡辺は聖一のことばをひきとって、そっといった。

「意味のわからんことを強制されるのは本当に苦しいものや、というのはよくわかる。辻の年頃の私は毎日、軍事教練でしごかれて、意味のないことを強いられて気が狂いそうやった」

渡辺は青春時代の苦汁を語った。

聖一は渡辺が口にする軍隊生活のことは想像できなかったが、その息苦しさだけは受けとめられた。

「だからお前のいうことはわからんでもない。だけどなあ、人生や存在の意味を追究するためにも考える武器がいるやろ。私の場合はな、数理を通してそれを究めたいと思っているんや。物事の真理を学ばずして答えは得られん。勉強や学問はそのためにこそあるんや。私はお前にそこをわかってほしいと思っとる。お前はそれを理解できる子や」

聖一は教師のことばがこれほど身に沁みたことはなかった。渡辺は聖一の気持ちをさらに押した。

「仲間先生もな、お前が自分の値打ちがわかってなくて、それを自覚させてやりたいっていってたぞ」

聖一は柔道で捻挫して、ほんの短時間保健室で話しただけなのに、と仲間亜希子の聖一評に驚いた。

聖一は渡辺の助言にこみあげて来るものがあった。

「僕は変なんです。一足す一がどうして二になるのか、と考えてしもて、前に進めないというか」

聖一は孝二以外にまともに相手にしてもらえなかったこだわりを吐きだした。数学担当の渡辺だからこそ、ぶつけてみたくもあった。

「それはおかしなことではなくて、真理のためにそうした疑問を持ち続けるということは大切なんだ」

聖一は、古川孝二からも同じセリフを聞いた覚えがあった。

「数学が苦手やというだけで、自分がだめみたいなことをいわないほうがいいぞ。辻の島崎藤村の『夜明け前』の読書感想文、国語担当の先生がほめてたぞ」

渡辺はさらに小坂と同じ指摘をした。渡辺は「夏休みには補習もあるから、そこでがんばってみんか」と誘った。聖一は背筋をのばし、唇を結んでこっくりとうなずいた。職員室を辞して廊下にでると、隣りの保健室前で白衣姿の仲間と顔をあわせた。

「今日はおけがはございませんか」

仲間は豊かな頬をほころばせておどけてみせた。聖一は、渡辺から聞いた仲間の聖一評を思いだして、赤くなった。仲間はきょとんとした目でまたいった。

「またコーヒー飲みにおいで」

聖一は自分でも思いがけないほど元気よく応じた。

「はいっ。今度は捻挫しなくても行きます」

「あい。待っているわよ」

仲間も手をひらつかせて応じた。聖一の裡でその時、渡辺に仲間、それに小坂や高山と交わしたことばが重なって、胸いっぱいに広がるものがあった。

第七章　夏休み

夏休みに入って、柔道部の合宿があった。三日間の予定で学校に泊まりこんだ。十数名の部員が参加した。この合宿が終わると、三年生はクラブ活動の中心から一線をひき、聖一たち二年生がリーダー的役割を担うことになっていた。

道場は東側が通路をはさんで三階建て校舎の壁に面し、南北は板張りで窓はなかった。西側は大きく窓枠がとられていたが、数メートルの余地をおいて道路と学校敷地を仕切るコンクリート塀が立ちあがっていた。合宿中は午前六時の起床で、数キロ先の四天王寺境内までランニングすることから練習メニューがはじまった。

柔道着に裸足のまま早朝の町を走った。朝食後、午前九時から練習がはじまった。戸外はすでにかんかん照りで、道場内はむせかえっていた。

図書館棟の二階にある畳の間が宿泊所だったが、けば立った畳の目と蚊の襲来で眠りを妨げられ、体がだるかった。練習開始後、すぐに舌が口腔《こうくう》に貼りつき、わずかなつばでしのいでいる感覚があった。大きなやかんにかち割り氷の入ったお茶が用意されているのに、午前の練習が終わる十二時までは一滴も飲ませてもらえなかった。それも鍛錬の一環だった。

聖一は練習中、不思議な感覚を味わうことがあった。疲労の限度を越えると、かえって活力がみなぎって来る体験だった。主将の漆原と対戦している時だった。聖一は以前のように漆原の力まかせの技には簡単にひっかからなかったが、体力の差は歴然としていた。腰をひき、内股を払われないように動き回るが、疲れて脚がもつれるとたちまちその餌食になった。立ちあがると、体落としを食らった。受け身が弱かったのか、脇腹から胸元まで強い衝撃が来て、しばらく立ちあがれなかった。

漆原がのしかかり、寝技に持ちこんだ。口臭と汗まみれの顔を押しつけられ、九十キロ近い体重の圧力で窒息しそうだった。逃れるために首を反らすブリッジで上体を浮かせ、体を反転させた。奇跡的に密着していた漆原の体が離れた。その瞬間にありったけの力で押しのけた。すべての体力を消耗し切っていたはずだった。だが、なぜか全身が軽くなった。何かにだまされている気分だった。ひきずるようにして動かしていた体にエネルギーが満ちわたった。休むことなく、日々体を鍛えてきたことからくる肉体の底力みたいなものだった。

――限界まで自分を追いこむと、思いがけない力が湧いて来るもんや。自分を怠けさせなくてよかった――

確かな手応えをつかんだ聖一は、過酷な夏合宿を乗り切る自信を得た。相手の漆原もへばっているのがわかった。漆原が全身の力を抜くような吐息をもらした。その間合いに懐に飛びこみ、漆原を背に乗せた。きれいに回転した。漆原は下級生の聖一に転がされた屈辱をとり戻すべく、全身をぶつけるように前のめりになった。聖一はもう一度、同じ技をかけた。漆原は再び、背中から落ちていった。聖一は二度の技の成功に呆然とした。

漆原相手に背負い投げを成功させた背後から、「辻も腕をあげたな」と低く苦み走った声が聞こえた。ふりかえると元主将で昨年卒業した荒井健二が立っていた。聖一は今日は日曜日なのだと思いあたった。荒井は保健室の仲間亜希子に話していたように、卒業後は信用金庫に勤め、普段は町道場に通っているといった。短かった頭髪は長くのばされ、いかにも勤め人といった七・三に分けられていた。さらに印象が一新したのは部員とのやりとりだった。

「先輩、仕事のほうはどうですか」

「得意先回りは気をつかうもんで疲れるわい」

荒井は健康そうな白い歯をのぞかせた。在校中は軽口を利くことなどなく、めったに笑顔を見せることもなかった。荒井の来訪を機に、午前の練習は早めにきりあげられた。その声を聞くと、部員全員がやかんの氷水に殺到した。全身が泉の新鮮さでよみがえった。それにかじったレモン汁の甘さといったらなかった。荒井は部員と一緒に昼食をし、午後の練習にくわわった。

荒井はまず主将の漆原と乱取り稽古をした。漆原とくらべるとやはりずいぶん細身に見えた。漆原は上背のある分、前屈みになって荒井の奥襟《おくえり》をつかみ、どしどしと足を運んだ。荒井は力むこともなく滑るようについていった。数歩の間合いで荒井は漆原の体を押し、反発してくる瞬間を狙って体をねじった。漆原の体はきれいに弧を描いた。

「まいりました。先輩、また腕をあげられましたね」

漆原が盛んに坊主頭をかいた。荒井の技をはじめて目にした一年生部員が助言を乞い、一人ひとりが講評を受けることになった。聖一の背負い投げに対しては握力と手首を強化した上で、相手の体の反動を利用することがポイントだと指摘してくれた。荒井は聖一に自分の襟をつかませ、体重を前のめりにして数歩足を運び、「今や」と叫んだ。聖一は思い切り襟元を手首に巻きこみ、荒井の上体に潜りこんだ。荒井の体は一回転した。

「よっしゃ。この呼吸や。よう覚えとけ」

荒井は立ちあがりながら破顔になった。聖一は舞いあがる気持ちで深く一礼した。それにくわえて、荒井のいったことばが聖一を感激させた。

「お前、もう初段になれるぞ。頑張れ」

その日の夕刻で合宿は終了だった。

荒井は合宿の打ちあげに部員を実家の焼き肉店に招待するといった。全員が歓声をあげた。

荒井の母親が営んでいる焼き肉店は鶴橋駅のガード下にあった。赤い提灯に同色ののれんが油染みて黒ずんで見えた。入り口は広くはなかったが、店内は奥行きがあり、カウンター席と壁際にも席があった。

「いらっしゃーい。よく来てくれました」

聖一は初対面の母親に面食らった。胸元がタンクみたいで腰回りが聖一の二倍はあった。それに荒井は細面だったが、母親の頬は肉づきがよく、あごはたっぷりとした二重になっていた。声が大きく、人を呼びこむ明るさがあった。部員がカウンターや壁際席にそれぞれ着席すると、母親が早速大盛りのキャベツを配膳し、「あい。美善《ミソン》、お肉を早くね」と店の奥に叫ぶようにいった。その声と同時に調理場から顔を見せたのが美善こと京子だった。一瞬、まばゆい照明に出会ったのかと思えた。肌はむき立ての卵みたいに真っ白で、束髪や眉は黒々としていた。形よく丸みを帯びた額に、長いまつ毛の目元は一重の大きな瞳だった。

「こんにちは。よく来てくれました」

京子は箸や皿を並べながら挨拶した。しゃきしゃきとした物言いが気持ちよかった。聖一は京子と同級生の金城啓子をくらべていた。金城の肌や髪も京子に似ていたが、瞳は一重と二重の違いがあり、金城の方が大きく見開かれている印象があった。頬が豊かで、鼻にかかった声でゆったりとした口調で話す。内省的で物静かな雰囲気に包まれているせいか、親しくなるきっかけが見つからない。

ふと京子と目が合った。京子のくっきりとしたえくぼに見とれてしまった。

「お前、早よ焼かんかい」

ぼんやりしていて漆原にどやされた。今度は皿の肉を箸でつまみかけてぎょっとした。ぼろ雑巾《ぞうきん》やイカのできそこないに似た物や、淡紅色や薄茶色の肉片がぐちゃぐちゃと混じっていた。聖一はホルモンを口にするのははじめてだった。母親に鶴橋へ肉を買いにやらされたが、牛や豚の臓物《ぞうもつ》は、「あんなもん、ほるもんや」といっていたので、実際捨てる物だと思いこんでいた。

聖一がぐずぐずしていると、「お前、何やっとるんや」と漆原の声が飛んできた。

漆原が「荒井先輩に乾杯の音頭をお願いしたいと思います」と杯を掲げた。と同時に「オッパ。やめとき」と京子がカウンター下に叫んだ。

「合宿の打ちあげや。ちょっとぐらい飲ましたれや」

聖一がのぞきこむと荒井が酒瓶を抱え、京子がそれをとりあげようとしていた。荒井の手の中の瓶には白濁の液体が入っていた。

「マッコリぐらい景気づけやろが」

荒井が凄むようにいう。

「何いってるの。皆、高校生でしょ。お酒なんかだめだよ。オッパは、すぐ調子に乗るんだから」

京子は荒井が目をつりあげても相手にせず、カウンター内から追いだした。荒井は妹から手厳しくやられて頭をかきながら、ジュース瓶を配った。荒井の音頭で杯を干すと、部員たちは競争のように網焼きを頬張った。たちまち空になった皿を見て、母親よりも京子がてきぱきと追加していった。それに部員たちが荒井のひと言ごとに、はいっと一礼しては返答するのを、「オッパ。偉そうに座りこんでいないで、早く野菜も運んでよ」と追い立てた。二人のやりとりを目を細めてながめているのが母親だった。聖一は、妹に対する荒井の態度や、母親のゆったりした構えで、いい家族だなあと思えた。聖一が荒井一家の顔をながめていると、また漆原にどやしつけられた。

「お前、食わんのか。このセンマイが旨いんや」

漆原は唇の周りを脂ぎらせホルモンの解説をした。

「い、いただきます」

聖一はとにかくタンを口にほうりこんだ。

「おいしいです」

実際、見た目とは違って、濃厚で甘辛くニンニクの効いたタレはホルモン材料によく合った。食べず嫌いで敬遠していたのが馬鹿みたいに思えた。聖一はタレと肉汁の絡みあいを味わいながら、幼い頃から聞かされて来たことをよみがえらせた。

「ホルモンは牛や豚の臓物や。朝鮮のやつらが食うても、わしらはほってしまうからそういうんじゃ」

聖一の耳元でそれがよみがえった。京子や荒井とまっすぐ目をあわせられない気持ちになった。

店の中は脂染みた煙と焦げた肉にニンニクのにおいが充満した。部員たちはかえってそれらに食欲をそそられてか、汗をしたたらせながら貪《むさぼ》った。猛然たる皆の食欲に京子が何皿か追加した。

「こら、お前ら。遠慮せんかい」

漆原が一喝するようにいった。

「遠慮しないでね。兄がいつもお世話になって」

京子が笑顔をふりまいて会釈した。横あいから荒井がぼそりともらした。

「俺は、こいつらに世話になんかなっとらんぞ」

「オッパは要らないことをいわないの」

京子がすかさず荒井の口を封じた。聖一は荒井の家族をながめていて、鶴橋界隈の町への一新するような思いにとらわれた。

――この辺はごちゃごちゃしてて、このにおいもむかつくぐらいのもんやったけど、荒井先輩や京子さんみたいな人が大勢住んでる所やったんや。僕は自分の住んでる所をもっと知らなあかん。そうでないと自分のこともようわからんままなんかもしれん――

聖一はそう考えはじめると、このホルモンの味と出会ったことが貴重にも思えた。小一時間たった帰り際、戸口まで荒井一家が見送ってくれた。部員が口々に礼をいうと、荒井は無言でうなずいていた。が、母親と京子が満面の笑顔で声をあわせた。

「また、いらっしゃい」

そのあと、おふくろさんがことばを継いだ。

「仲間先生なんかもよくきてくれはります」

聖一はそういえばと、保健室での仲間亜希子のことばを思いだしていた。


合宿が終わるとクラブ活動は休みになり、練習再開は二週間後になった。夏休みの他の予定は、お盆の直後にクラス担任の渡辺が勧めてくれた数学や物理の補習を受けることだった。聖一は空いた時間を図書館にでもでかけようかと思った。聖一が鞄を抱えて階下におりると、初江が待ち構えたようにいった。

「クラブ活動も休みなんやろ。どうせ家でごろごろしてるんやったら、お父ちゃんの仕事でも手伝い」

父親の清次郎は電気工事店で働いている。主な仕事はビルや工場内の高圧電気配線や配電設備の設置工事だった。現場が遠いと、仕事場の近くで泊まりこんで何日も帰らないことがあった。普段は午前六時半には自転車で数十分の所にある工事店に出勤していた。時折、午前四時頃にでかけて行くこともあった。

聖一が清次郎の仕事のことで知っているのはそんなことぐらいだった。

初江は父親の清次郎の仕事の手伝いを強要した。

「もうすぐ補習やし、予習もしとかなあかん」

聖一がもらすと、初江はすかさず唇をとがらせた。

「普段勉強もせんと、うちがいうたらこれや。たまにはお父ちゃんの仕事を知って、感謝することを覚えるのも勉強や」

あいもかわらず押しつけがましい物言いだった。それにくわえて、聖一は初江が〝感謝〟ということばを発したのでよけいに反発を覚えた。つい先日も、初江は清次郎に執拗にいい募っていた。給料の遅配をめぐってのことだった。清次郎がめずらしく明るい内に帰宅したことがあった。それに素面《しらふ》だった。いつもの清次郎なら大概は駅前の立ち飲み屋か、工事店の仕事上がりのふる舞い酒で赤ら顔をしているはずだった。そんな折には細面の顔の血色がよくつやつやして、三和土《たたき》に立つと、「おうっ。帰ったぞ」と軽く手をあげて胸を反らせるのが常だった。

清次郎はその日、肩をすぼめて玄関先に立った。酒気を帯びていない顔は青ざめ、無精ひげのせいもあって貧相に映った。待ちかねるようにして台所からでてきた初江は黒目がちな大きな目を輝かせ、エプロン姿の胸元で揉《も》み手さえした。下校時で居あわせた聖一は、初江のほころんだ顔に目を見はった。やがて初江は両手を揃えて差しだした。清次郎はその手を押しのけ、黙って奥の道具置き場にあがってしまった。初江の目がつりあがり、地団太で床が鳴った。

「あんた、またかいな。給料も払えんとこなんかやめなはれ。けがしても保障はないし」

初江は清次郎を追いかけてことばを投げつけた。

「今月は大口の得意先が倒産してしもて」

清次郎のくぐもった声にすかさずおっ被せた。

「あそこはうまいことといってる内は自分のぽっぽに貯めこんで、困ったらこっちにしわ寄せするんや」

「あいつはそんなやつと違う。まだ若いし、独立して日が浅いんや。わしが助けたらな、どもならんのや」

「何が若いもんを助けてやらなや。人助けする間があったら、うちの家族助けてほしいわ。そんなことばっかりいうてるから、親方にもなれんで、若い者に使われているばっかりの甲斐性なしのままですねん」

聖一はそこまでいわなくても、と耳を塞《ふさ》ぎたくなった。だが、初江は自分のことばにあおられるように床面まで手の平で打った。

清次郎は給料の遅配を責め立てられて、傍にあった布切れを頭から被って寝転んでしまった。初江はそれでも速射砲のようにことばを浴びせ続け、清次郎はさらに体を海老のように丸めた。

聖一は両親のいさかいの場面を思いだして、初江から「お父ちゃんに感謝せな」なんていうセリフが吐かれても、自分の都合のいいように使いわけているとしか受けとれなかった。聖一は精いっぱい清次郎の仕事の手伝いを断る口実を考えた。

「高校生はアルバイトしたらあかんのや」

「去年は近所のコロッケ屋でアルバイトしたやろ」

初江はこういうことはよく覚えているのだ。

「いつからどんな仕事をするんや」

聖一は観念してたずねた。

「一週間ほどで片づけなあかん配線工事があるのに、他にも現場があって手が足らんというてた。詳しいことは、お父ちゃんが帰ってきたら聞いたらええ」

初江はいい終わるとさっさと背を向けてしまった。

夕飯時、清次郎に工事現場の仕事内容をたずねた。

「阪急の神崎川駅に近い薬品工場でな、二週間はかかる仕事を工場の夏休みの間にやってくれいうてな、十日もないんや。わしらは高圧電気設備の増設や工場内配線の仕事をやるんやが、コンクリートブロックや廃材の整理に何人かアルバイトを雇うんや」

清次郎はビールを干しながら説明した。

「夏の現場は覚悟してこなあかんぞ。途中でけつ割られたら、わしが恥かくでな」

聖一は、清次郎から話をよく聞いてからと思っていたのに、初江の口からすでにやる気になっているように伝えられていることが不満だった。また初江に先回りされてしまった。

「何いうてますねん。覚悟も何も、ええ経験ですがな。働くことがどんなことか知っとくのも、学校の勉強以上に大事なことでっせ。お父ちゃんと一緒やし」

清次郎は聖一の表情で察して助け舟をだしてくれた。

「補習があるんやろ。アルバイトは禁止と違うんか」

これも初江に潰されてしまった。

「補習は盆明けからしかないし、アルバイトかて去年も近所のコロッケ屋で働かせてもろて、小遣い稼ぎしてるんやし」

清次郎は打つ手なしという表情で短くいった。

「まあ、よう考えて決めたらええ」


阪急電鉄神崎川駅から車で数分も行くと、川辺に薬品工場があった。広い構内には灰色のスレート葺《ぶ》きの建物が幾棟も並び、各棟は幅十五メートル、奥行きが二十五メートルほどだった。何よりも工場全体にクレゾール液と甘ったるい味を混ぜたようなにおいが漂って思わず息をつめてしまった。工場敷地のほとんどはコンクリート張りで、夏の日差しが百パーセント跳ねかえされて、工場際の泥色の川面には油がぎらついていた。聖一は工場内に一歩立っただけでめまいがしそうだった。

「思ったよりきつそうな現場やな」

清次郎のつぶやきに聖一はむりにでも胸を張った。

工場敷地の一番奥の電気設備建屋の現場に到着すると、工事店の親方の説明があった。親方は三十代半ばに見えた。黒々とした剛《こわ》そうな髪をオールバックにして、口ひげを生やしていた。背丈は聖一と並ぶぐらいだったが、筋肉質で頑丈な肩をしていた。親方を中心に清次郎や他の従業員、アルバイトのメンバーが輪になった。

清次郎以外の二人の従業員は二十代の若い衆だった。アルバイトは聖一以外に大学生が二名だった。

大学生のひとりは串本太郎と名乗り、ラグビー部の合宿費用稼ぎだと自己紹介した。もうひとりは頬が蒼白くきゃしゃな体格で、聖一の目にも酷暑の肉体労働に耐えられるのか、といぶかしむものがあったが、本人は本木文夫ですとさらりといった。

「清さんとわしは壁をはつって管を通し、工場内配線の手はずを整える。沖と若山は電気コードと電源の準備のあと、はつりにくわわる。串本、本木、それに聖一君はコードを車から降ろすのを手伝ったあと、コンクリートのガラを指定置き場に運んでもらう」

親方は指示してから、聖一たちに靴先に鉄板がはめこまれた安全靴を支給した。スニーカーで作業したかったが、コンクリート片や鉄片を落下させて足指を潰す事故がよくあるという。ヘルメットも被せられた。あとは軍手をはめると作業準備完了だった。

親方と打ちあわせしている清次郎の腰には太い革バンドが締められ、その幾つものポケットには大小の工具が西部劇の二丁拳銃みたいなスタイルで差しこまれていた。仁王立ちになって、高圧電気設備の前で清次郎は唇をひき締め、現場をにらんでいた。横顔をながめると鼻が高く、きりっとして見えた。

清次郎は若い親方の北村嘉次郎に頼られているのがよくわかった。

「清さん、コンクリートの壁を抜いたあとの管通し、案外大変そうや。それに配線を渡す工場内の梁《はり》も高い所に走って沖や若山にはまだまかされへんし」

親方が口元のひげを指先でなでながらいった。

「管通しや高所の作業は二十年以上やっとることや」

清次郎がいいきると親方は破顔になった。

作業がはじまった。十平方メートルほどの金網に囲まれた所に配電盤や変圧器があった。それらはコンクリートの部厚い土台の上に据えられていた。貝殻のような白い碍子《がいし》が無数にとりつけられており、それらの背後に回って壁をくり抜かなければならなかった。親方が壁にチョークで丸印をつけると、清次郎が小型の削岩機を抱えて破砕にとりかかった。耳をつんざく音と白煙にも似た破片が飛び散った。清次郎はたちまち全身が真っ白になった。壁に穴を開ける作業のめどがつくと、途中で若い衆二人にまかせて、親方と清次郎は工場内に移っていった。

聖一と大学生たちは一輪車にガラを積みこんでは電気設備の裏手、廃材集積所に運んだ。日差しに曝《さら》してあった一輪車の把手《とって》は灼けて素手ではつかめなかった。集積所への距離は二十メートルもなかったが、そこに到る足場はコンクリート片だけでなく、ねじれた鉄線やガラス片などが散乱していた。ガラを満載した一輪車はそれらに乗りあげては、バランスを失い横倒しになった。またガラス片を踏んだ途端に足をすべらせて尻餅をついた。そのためガラはどんどん山になるのに片づけははかどらなかった。

電気設備建屋内から催促の声がした。

「はつりの邪魔になるんや。ガラ早よ片づけてや」

聖一たちは顔を見あわせて首をすくめた。

「わかってまんがな。そやけど足元が悪すぎて」

串本が作業着の胸元をはだけて遠慮のない声でいった。盛り上がった筋肉がのぞいた。肩や首筋ももりもりとした肉づきだった。

「これ、先ず片づけたほうが効率いいんじゃないか」

本木が散乱した通路を指差して提案した。聖一も同意しかけたが、串本は賛成しなかった。

「そんなんしてたら、ガラが溜まるばかりやで」

「でも、整地したほうが結局、はかどるはずだけどね」

本木は小さな声でいったが、きっぱりとしていた。

運搬路が整理されると、やはりはかどった。だが炎熱と足裏からの焦げで胸のむかつきと頭痛を覚えた。

「水道の水で頭を冷やして、日陰で休んだらいいよ」

本木が聖一の顔をのぞきこみ、いたわってくれた。本木も額や頬がゆでられたように朱色に染まっていた。聖一はかえって本木の体力が続くのか、と心配した。そこへガラを空にした串本がやってきた。

「こんなもん、練習とくらべたら、楽なもんやで」

聖一は強がる串本が馬鹿みたいに思えた。本木は聖一を気遣ってくれたあと作業に戻った。水を浴び、日陰で風に吹かれると、気分がよくなった。すぐに音《ね》を上げて清次郎に恥をかかせることばかりが気がかりだったが、どうにかやっていけそうだった。親方がサイダーに塩とレモンを勧めてくれた。

「すぐ昼飯や。もうすこしがんばってくれるか」

親方が串本と並ぶと、胸の厚さや広い肩、それに首の太さが同じようにたくましかった。何よりも親方という気概が浅黒く四角い顔にみなぎっていて、精力的な男の体臭といったものを感じさせた。笑顔になると頬の肉がちいさなこぶみたいに盛りあがり、差し歯の金色も光って愛嬌があった。

「おやっさんは工場内で配線の準備をしとるわ」

親方は聖一に清次郎の動向をわざわざ報告してくれた。聖一は頭をかいた。

「ああ、生きかえったで」

串本がほえるようにいって、全身で息をついた。

「レモンってこんなに甘いって知らなかったなあ」

本木がしげしげとレモンをながめているのを、

「俺らは、練習のあとは必ずこいつはかかせないんや。まあ、文化系の連中にはわからん味やろな」

串本は本木を軽く見る口ぶりでいった。

「酸っぱいものを甘く感じるほど、不必要に疲れ切る必要もないと、僕は思うけれどね。ねえ、レモン君」

本木がもらすと聖一は下を向いて含みわらいをした。

「さあ。ほんなら昼飯までひとがんばりするかあ」

串本は気まずいものを払い落とすように勢いよく一輪車を起こした。その後ろ姿に本木がいった。

「体力自慢の連中はがむしゃらにやって、息切れするやつが多いんだよなあ。とにかく、自分の体を科学的に見なきゃあ」

本木の「自分の体を科学的に」見るという考えに刺激を受けた。

昼食は阪急電鉄十三《じゅうそう》駅前の食堂で摂った。店内ガラスケースには惣菜《そうざい》が幾種類も並べられ、好きなものをお盆にとってみそ汁や飯をよそってもらうことになっていた。本木は野菜や煮物、魚類が多かったが、串本は唐揚げに黒っぽい肉片、それにてんぷら類を山ほど盛って、丼鉢も大飯だった。聖一は大好きな肉類や揚げ物を皿に載せた。だが、いざ箸をとると喉の渇きが勝って冷水ばかりをあおり、食事が進まなかった。それを見とがめるように清次郎がいった。

「食っとかんと、昼から持たんぞ」

「この暑さや。こっちもビールといきたいとこや」

親方のことばに、清次郎が「ほんまやで」とつばを飲みこむのがわかった。聖一は渇きが癒えて食欲が湧いて来た。トンカツに唐揚げを頬張るうちに旨さが勝って、飯を平らげるピッチがあがった。

「清さん。ええ息子さんですな。これからが楽しみや」

親方が清次郎に語りかけると、「まだひよっこでどうなることやら」清次郎はけなす口ぶりでいった。

「学校では柔道部で、勉強もできるんでっしゃろが」

清次郎は上機嫌な時に見せるあごを反らせて口を開く表情をうかべた。聖一はそのやりとりに身が縮んだ。成績はクラスで最下位。二年生になっても柔道の昇段もできない。何よりも、今をどう生きていいのかもわからないのに、と清次郎の口を塞ぎたかった。

昼食後はそれぞれに日陰で休んだ。聖一はそっと本木の傍らに腰をおろした。まどろんでいた本木は気配を感じてか、身じろぎした。

「すみません。起こしてしまって」

聖一がわびると、「目を閉じていただけだからいいんだよ」本木は手拭いで額を拭った。横顔から見ると全体的にとがって見えた。眼窩《がんか》が深く、鼻梁《びりょう》が高いせいのようだった。特に喉仏がめだっていた。

「本木さんはよくこんなバイトにこられるんですか」

聖一の質問に本木はゆっくりとあごをあげた。

「めったにしないなあ。僕は体力にめぐまれているほうではないんで、今年は特別というところかなあ」

聖一は本木の肉づきの薄い頬や首筋、両肩をあらためて確かめる目でながめてしまった。聖一は本木が過酷なバイトを特別にする理由を知りたいと思った。

本木は普段は、「家庭教師や事務部門のバイトが多い」といった。

聖一は家庭教師と聞いて思わず口にした。

「人に勉強を教えるなんて、僕には考えられないです。僕なんか数学がまるで駄目だし」

聖一が尊敬の念を交えていうと、本木は薄い笑みをうかべ足元の小石を目の前に投げた。

「ただ受験勉強のお助けマンにすぎないんだなあ。君は数学が苦手なの？」

聖一は首をすくめた。

「数学はさあ、問題を解く過程が楽しくてさあ」

「僕なんかいくらがんばってもあかんし」

聖一は自然に日頃の鬱屈をもらした。

「でも、数学や勉強ができるだけではねえ」

「でも、勉強ができたほうがええと思います」

聖一は切なる願いをこめていった。

「まあね」

本木の声には屈託するものがあった。

「君は高校生だろう。どうしてバイトなの」

聖一は事情を説明した
「そうか。おやじさんと一緒なのか」

本木は納得したように膝を軽く打った。

「おやじなんか関係ないです」

聖一は子ども扱いされたようで、すこしむきになりながらたずねた。

「大学っていいですか」

本木の回答はあいまいだった。

「まあ、その人によるんだなあ」

「本木さんは何処《どこ》の大学なんですか」

本木はその質問に喉仏をひっかくしぐさをした。

「僕。僕は京都大学だよ」

聖一が尊敬するまなざしで本木の顔を見なおすと、「あのさあ、皆、すぐに学校のレッテルで決めたがるだろう。一番大事なのは、何を学び、何が真実なのかをつかむことにあるんだよなあ」

本木は語尾をのばし、宙をにらんだ。

大学の話になると、本木の横顔はよけいにとがって見えた。深い眼窩からの視線が鋭くなったせいのようだった。

「そやけど、皆、京大いうだけで特別に見るし」

聖一は高校一年生のクラス担任だった京大出身の綾野を思いだした。

綾野はことあるごとに、これではいいところに進学できませんねえ、と吹聴した。

聖一は本木と話しているうちに、自分の中に巣喰う虚しさの根のひとつに突きあたる気がした。

「皆、学歴のことばっかりや」

「だからさあ。それが問題なんだよ」

本木が一転して激した声をだした。

「僕らは何のために学問をするのかを、考えなくちゃならないんだよ。利己的幸福を目的にするのではなくてさあ。いかにして己の学問を多くの人たちに役立てられるのかを、考えることが大事なんだよなあ。それこそが自己存在を徹底確認できるというか」

本木は雄弁になった。

「僕たちはエリート意識に毒され、この国の独占資本主義の支配層に奉仕させられて、日本帝国主義のお先棒を担ぐわけさ。だからこそ、僕ら学生はこの状況の打破のために先頭に立たなければならないんだ」

話がここまでくると、聖一には理解の範囲を超えていた。だが、本木の社会と自身の存在への鋭い意識だけはわかるような気がした。

「本木さんの話で、僕も大学に行きたくなりました」

聖一は刺激を受けてそういった。

「うん。君も思いっきり学んでそれを人民・大衆のために生かしてほしいと思うよ。僕はそのためにマルクス経済学を勉強しているんだ」

本木は腰の埃を払い、立ちあがりながらいった。

「本当はね、お金もいるんだけれどね。働く労働者の現場を知っておきたくてこのバイトも選んでさあ。偉そうなことをいっても僕らは頭でっかちだから」

本木は自嘲めいてから、経済学者の川上肇《はじめ》に憧れて宇都宮市の高校から京都大学にきたといった。

聖一は自分も意志的な目標を持ちたいと強く思った。

休憩時間中、従業員の沖と若山を相手に話していた串本が午後の作業に戻る時、聖一に耳打ちした。

「本木は全学連やからな。あいつらのいうことを聞いていたら、警察にひっ張られるのがおちなんやぞ。安保反対とかいうて、女のくせに国会前で暴れて死んでしまいよった東大の学生もおったんや。俺は全学連なんか大きらいや。口を開いたらプロレタリアやマルクス、レーニンがどうのと、がなり立てよる。あんな連中がおるから日本がおかしゅうなるんや。俺はラグビーさえできたらええんや」

串本は唇をゆがめ、きついまなざしで本木の背中をにらんでさらにいい募った。

聖一は本木から聞いた話と串本がまくし立てる内容を重ねると、気づかされることがあった。今まで社会のことなど関心もなかった。大人たちから聞く戦争の話、中学時代や高校での在日生徒をめぐる騒ぎなどはあったが、自分の身にきしむようには迫ってこなかった。なのに、二人の大学生の話で、今大学で何が問題になっているのか、そこに通う学生たちを包む空気が、なぜか聖一の中にひしと入ってきた。

中学二年生の頃、テレビでは毎日国会周辺のデモの画面が目に飛びこんできた。激しい衝突と怒号。東大生樺《かんば》美智子がデモで亡くなったのもセンセーショナルに知った。刻々と飛びこんで来る世相。日々の映像の迫力は、聖一の目に強烈に焼きついた。そのインパクトが聖一の感受性に鋭く働きかけてきたはずだった。それが下地になって、今鮮明には意識できなくても、何かが核になろうとしていた。

――確かなもの。生きる芯みたいなものがつかめるかも知れない。大学で学んでそれが見つかるなら――

そう考えると、心臓がどきどきするほどの期待感に似たものがきざしてきた。この予感を確かにつかむためにしっかり勉強しよう。世の中のことをいっぱい知って悔いなく生きたい。そのために、どうしても大学に進学したい。聖一は進路の手応えのようなものを感じて、このバイトにきてよかったと思った。無理強いした初江に感謝する気持ちになった。

午後の作業がはじまった。電気設備建屋内にはコンクリートのガラなどがまだ散乱していたので、本木と串本が片づけ作業に就き、聖一は親方と清次郎、沖や若山と一緒に屋内配線などを手伝うことになった。

工場内は日差しはさえぎられていたが、スレート葺《ぶ》き屋根と鉄板の壁などで幅約十五メートル、奥行き二十五メートル、高さ十メートルの鉄の箱のような中では、全身がボイラーで焚かれているようだった。大型送風機は休業中のためとめられていた。

工場内は、中央通路をはさんで十メートルの長さで二列のベルトコンベアが入口近くから並び、その奥にもう一組が増設されて、工場一番奥に配電設備が立ちあがっていた。通路上空七メートルにはH鋼が架かり、それをレールにして製品運搬用の金網ボックスがロープウエイに似て頭上を行き来する仕掛けになっていた。

工事内容は工場内機器の動力となる電源設備の点検と修理、それに増設コンベアへの配線だった。数棟が工事対象で、十日間で片づけてしまわなければならなかった。聖一はまず親方や清次郎たちとトラックいっぱいに積まれた電線を下ろす作業を手伝った。木製の車輪に似た軸に巻かれた高圧電気を通す電線は、一巻き六十キロはあった。

「危ないからどいといてくれるかな」

親方は聖一に注意して荷台際に立ち、電線コイルの丸い木製軸の枠をつかみ、抱えこむようにして腹に載せた。親方の首筋や眉間の血管が太いミミズみたいにふくれあがった。作業服の上からも、肩から腕、大腿《だいたい》の筋肉がいくつもの力こぶになるのがわかった。全身から精気がみなぎっていた。聖一は最初、おやじより若いのに親方なんて、と思っていたが、こうしてながめると、やっぱりそうなれるだけのことはあるなという目にかわった。親方を見習うように沖や若山も続いたが、腰が定まらなくて、結局二人で力を合わせなければならなかった。

清次郎も電線コイル下ろしにくわわった。清次郎の首筋や額の血管もふくれあがったが、顔色は血の気がひいたように蒼ざめ、汗もかかなかった。ただ細い目をつりあげ、ひきつけを起こしたように口元をけいれんさせて息を継いだ。その荒い息のまま聖一たちにいった。

「力まかせもあかんのや。こんな作業はラグビー部の串本君なんかが合っとると思うやろが、力自慢の者はえてしてそれを頼りにして腰を痛めよるんや」

聖一は串本なら確かに力まかせに片づけてしまおうとして、体のどこかを痛めてしまうかもしれないと思えた。清次郎と親方は残っている電線コイルを次々とトラックから下ろしていった。それが終わると親方と清次郎は顔を見あわして白い歯をのぞかせた。その姿が聖一には息のあったコンビに見えた。

聖一はこんなに明るい清次郎を見るのははじめてだった。清次郎のその横顔をうかがいながら、おふくろも姉ちゃんもたまにはおやじが仕事をするところを見学にきたらええのに、とひとりつぶやいた。

工場内配線工事に移った。直径二、三センチの電線を天井近くの梁に這わして配線するのだが、七メートルの高さのH鋼に跨《また》がり、長く重い線を扱うのは熟練を要する作業だと聖一の目にもわかることだった。

清次郎は地上七メートルのH鋼にとりつく垂直の鉄梯子の前に立ち、小刀で電線の端のビニール被覆を剥《は》いだ。よくきれる刃で気を抜くと指を削いでしまいそうだった。左手親指のつけ根から手首にかけて細く肉が盛りあがっていた。以前、現場で鉄片を食いこませた痕だった。

聖一はそのことで、中学生になった頃、おふくろが「けがをしても補償もしてくれん所なんかやめなはれ」とわめき、おやじが「利き手の右手と違うんや。俺がおらんと現場が回らんのじゃ」と怒鳴りかえしていたことを思いだした。親指部分は他の部分とは違って蝋《ろう》のように白かった。両手の指先はへしゃげた柑橘《かんきつ》類みたいにでこぼこで、部厚くたこができていた。その指の腹や手の平には黒ずんだ痕があり、手の甲にも爛《ただ》れたような斑点があった。それらは高圧電気などの火花による火傷だという。小刀を動かす清次郎の呼吸はちいさかった。身じろぎもせず、手先だけを動かしている。

「よっしゃ。あがるぞ」

清次郎は気合を入れて電線を脇に置いた。剥《む》きだされた芯は無数の銅線の束になっていて、赤みを帯びた地金がつやつやと光っていた。清次郎が鉄梯子を上りつめH鋼の上に跨がると、沖もあとに続き電線をひっ張り上げて清次郎に受け渡した。その下では若山が長い電線をさばきサポートした。

清次郎はゆっくりと電線をたぐりよせて、H鋼の溝に這わせながら前進していった。腰にロープを巻き、その輪にカラビナをかませてH鋼に落下防止ロープを結んでいるとはいえ、下から見あげているとまるでサーカスだった。清次郎はしかし、着実に腰をずらせ距離をのばしてゆく。

「ああいう仕事は清さんが頼りなんや」

親方は聖一に清次郎への信頼を語った。

「清さんはな、自分の店持ってやれる腕があるのに、俺を助けてくれてな。俺の恩人なんや」

聖一はこうまでいわれれば、意気に感じてしまうだろうな、と清次郎の気持ちを考えた。この手伝いをするまでは、おふくろのいうように、年下の親方に体《てい》よく使われる甲斐性なしで、お人好しとながめているところもあったのだ。

幾つかの棟で梁上の作業が進められ、床面をはつり、線を床面に埋めこむ工程が行われた。

十日が経った。その日、最後の配線とあと片づけが終わると、親方が「これから打ちあげや」と告げた。銭湯で汗を流したあと、居酒屋に繰りこんだ。

「ほな、まず乾杯や。清さん、お願いしますわ」

親方が清次郎に向けていうと、清次郎は照れながら「皆がんばって、ケガものうてよかった。お疲れさんでした」と音頭をとった。聖一は口下手なおやじにしては上出来や、とひとりごちていた。

皆は待ちかねたようにビールを喉に流しこみ、唇の周りの泡を吹き飛ばした。その中にあって本木はほんのちょっぴり口に含むといった飲み方だった。本木とくらべて串本は乾杯の音頭の瞬間、一気に一リットルはある杯を空けて大きなげっぷをもらしたあと、焼き鳥を口いっぱいに頬ばった。本木はビールと同じく鳥がついばむように少量を口に運んでいた。清次郎と親方は交互に杯に注ぎあいながら今回の仕事の首尾を話していたが、聖一の進路を話題にするようになった。

「清さん。聖一君、大学に行かせるんやろ。清さんは俺らと違《ちご》てクラッシック音楽や絵が好きで頭がええから、聖一君もええ大学に行けますやろ」

「まあ、わしは小学校卒業してすぐこの仕事に丁稚《でっち》にだされたけど、こいつには行かせたいと思とる」

清次郎はしみじみと聖一の横顔をながめた。

「そや、俺も中卒でこの道に入ったけど、やっぱり学校だけはでとかんと、いらん苦労しますな。腕一本でと意気がってましたけど、銀行で金借りたり、帳面ひとつつけるだけでも苦労しますわ。そやけど弟や妹がようけおって、早よ働かなあかんかったし」

親方は告白し、沖と若山の出身についてもふれた。

「あいつらも兄弟が多くて、中卒で九州から食い扶持稼ぎに都会にだされたんや。『金の卵』やいうてもて囃《はや》されてますけど、結局、大きな会社からしたら体のええ安く使い倒せる連中にすぎんですやろ。俺は絶対にあいつらを独立させたるんや。清さんが俺にしてくれてるみたいに、助けたるんや」

親方はすこしくだを巻く口調になった。清次郎がそれをなだめるように、「まあ、まあ」と杯を勧めると、親方は今度は本木に向かって話しかけた。

「あんたは京大生やったな」

親方がそういうと、沖と若山が口に運びかけたジョッキを宙にとめて、目をみはる表情になった。

沖と若山が、本木が京大生と聞いて声をあわせた。

「そんな偉か人とは思わんかったとです。いつか雲の上の人になっとってですね」

二人は尊敬の声をあげた。沖はニキビ面の童顔をほころばせ、若山は所どころちいさな禿《はげ》のある坊主頭をしごきながらいった。本木はそうした話題にまぶたをしきりにしばたたかせ、口元をすぼめた。

「まあ、聖一君にもがんばってもろて京大か東大を目指してもらいたいもんや。なあ、清さん」

親方は本木の反応が今一つなので、話の矛先をかえた。聖一はこんな話をしてほしくはなかった。そのため、何となく口にした。

「大学なんて」

そのつぶやきに即座に同調したのが本木だった。

「京大だからって偉くも何ともないです。かえって支配層に奉仕し、労働者を搾取するのを助けるための機関に成り下がっているというか」

今度はそれにすかさず串本が口を挟んだ。

「それってキザやで。俺はスポーツ推薦で三流大学やけど、全学連みたいに国会前で暴れたりはせんで」

串本は親方や清次郎の賛意を得られることに自信があるらしく、見栄をきって見せた。本木は串本の主張に鋭くかえした。

「暴力でいえば、警察権力と右翼の連中が襲いかかっているというのが真実だよ」

本木は目を光らせて断固としていった。そのやりとりに親方が割って入った。

「お二人さんのむずかしい話はそこまでや」

沖や若山は狐につままれたように顔を見あわせて、「やっぱり大学生の話はようわからんとです」ともらした。そうした中で、清次郎が意外な反応を示した。

「わしは、これまで世間を見て来て、軍隊でも学校をでたやつが幅利かせて、将校や上官やいうてやな、役所でも踏ん反《ぞ》りかえっとる。学問を己の出世や儲けばっかりに使《つこ》うとるのを見て来てやな。わしら貧乏人は踏みつけられてばっかりや。このままでは腹の虫が収まらんちゅうもんやで」

酔いのまわった清次郎は本木に同調するように声を太くした。

「本木君みたいな優秀な大学生が、わしら貧乏人のために運動してくれるのはうれしいことやで」

思わぬ清次郎の発言だった。

清次郎の加勢に本木は身を乗りだすような姿勢になった。串本は顔を天井に向け、黙ってビールを流しこんだ。沖と若山はもう話を聞いていず、料理を黙々と平らげていた。清次郎の意見に一番驚いたのは聖一だった。世間に対する鬱憤を絶えずぐちってはいたが、筋道立った話としてははじめてだった。聖一が気づいたのは、清次郎がそうした話を仕かけると、かならず初江が、「あんたがいうても世の中どうにもなりまへんやろ」と潰しにかかったことだった。

清次郎の呂律《ろれつ》が怪しくなってきた。それを見計らって親方は、「清さん。聖一君や若い者の前途を祝してもう一度乾杯や」とお開きにした。

帰り道、清次郎は上機嫌だった。

「大学に行くんやぞ。絶対学校だけは出とくんや」

何度もそういった。聖一はそれがうるさかったが、今夜の清次郎の話は心に残っていた。

――集団就職で大阪にきた沖や若山。全国で自分と同じ歳の若者が中学を卒業して「金の卵」として朝から晩まで安い給料でこき使われている。父親の清次郎は軍隊で命を紙きれみたいに扱われ、今も電気の職人で高い所に上り、夏はボイラーの中みたいな現場で蒸され、冬はかじかむ手で配線作業を年中やっている。その指や手の平は、たこと火傷だらけだった。なのに、いつもおふくろに稼ぎが悪いと文句をいわれている。おやじみたいにくたくたになるまで働いても給料があがらず、それさえ遅れることがあるのに、一方では、儲かってしょうがない人たちがいる。それに今は首相になっている人が「貧乏人は麦を食え」といっていた――。聖一は十日間、おやじの働く姿を見て、何か不公平や、とひしと実感するものがあった。本木のいった働く人々に役立つ学問ということばが深く響いてきた。小坂や担任の渡辺のことばも重なった。小坂は「人間存在の根源を知るために哲学の勉強をしとる」といい、担任の渡辺は「学問とは人間存在の意味や真理を追究する武器なんや」と助言してくれた。聖一の裡《うち》で勉強のイメージが湧いてきた。夜道を酔った清次郎の肩を支えながら歩いた。

「僕、手伝うてよかったわ」

聖一が清次郎の耳元でぽつりともらした。

「おうっ。そうか。まあ、がんばったもんなあ」

清次郎はこれ以上の幸せはない、というように道の真ん中で万歳の格好をした。

「まあ、お父さんはご機嫌さんで」

玄関で迎える初江の口調はいつもの嫌味なものではなかった。聖一の面倒を十日間見てきた清次郎への慰労がこめられていた。

「今晩はすき焼きのつもりやったのになあ」

初江が軽口めくと、清次郎がいいかえした。

「盆と正月でも食わさんのにようういうで。なあ、聖一」

同意を求められた聖一は、清次郎のことばがきっかけでまた初江と口喧嘩にならないように願って、あいまいな笑みをうかべただけだった。

「まあ、それはほんまのことですわなあ」

初江はエプロンの端で口元を押さえながら含みわらいをもらした。聖一は清次郎と初江の笑顔のやりとりに久しぶりに出会った。自分を挟んで、おやじとおふくろがなごやかになるんなら、僕のできることをしようと殊勝な気持ちになった。聖一はポケットの封筒から千円札三枚を抜き、初江に差しだした。初江は首をかしげるしぐさを見せた。

「今日もらったバイト料の半分や。渡しとくわ」

初江は聖一の顔を穴が空くほど見つめ、やがて頬を紅潮させた。耳朶《じだ》のあたりの染みが赤黒くうきでて、そばかすも目立った。

「自分で稼いだお金や。大事にしまっとき」

初江は喉奥に痰《たん》をからませたような声をだした。

「僕が働いてもらったお金やから、そうしたいんや」

聖一は照れて声をくぐもらせた。初江は受けとった札を台所の天井近くの神棚に置いて手をあわせた。

「聖一が、聖一が。ありがたいことです」

聖一は三千円は惜しい気がしたが、おふくろのあんな顔が見られるのだったら値打ちがあったな、と満足感にひたった。

数学などの補習も終わり、夏休みは残りわずかになった。クラブ活動が再開され、宿題を片づけなければならなかった。今までなら、こんなくそ暑いのに、と投げだして新学期に後悔するのがおちだった。

この夏はアルバイト先で京大生、本木が語った「大学で君も人民のために役立つように学んで」ということばに思った以上に刺激を受けていた。資本主義や帝国主義がどうのということばがなぜか耳に焼きついていた。意味はわからなかったが、もっと知りたいという疼くものが芽生えていた。

第八章　三羽鴉

　聖一は蒸し風呂の部屋で宿題だけでなく、数学や物理の復習にもとり組んだ。

「聖一、電話やで」

　階下から初江の声がした。

「誰からや」

　聖一が確かめると、「大きな声で柄の悪そうな子や」と迷惑気にいった。

　受話器をとりあげると、「わいや」いきなり大きなだみ声が飛びこんできた。

「何や、高山か。もうちっとちいさい声で話せんか」

　聖一もにぎやかにかえした。

「あほ。これがわいの地声じゃ。ところでな」

　高山は続けて、「これから荒井さんの店に焼き肉食いに行かんか。小坂も一緒や」と誘った。時刻を見ると午後四時だった。電気工事現場のアルバイト料の半分は手をつけずにとってあった。一瞬、初江の小言が頭にうかんだが、意を決して伝えてみた。

「柔道部の先輩の店やて。遅うならんようにしいや」

　初江は意外にあっさりと認めた。聖一はアルバイト料の半分を差しだしたことが、こんなにも効果があるとは思わなかった。あの日以来、何となく聖一へのあたりがやわらかくなったように感じていた。

鶴橋駅ガード下の荒井の店に着くと、高山と小坂が壁際のテーブル席に陣どっていた。

「おいでなすったな。それにしてもや。よう焼けたな」

そういう高山も黒い肌になっていた。二人にくらべて、小坂はあいかわらず蒼《あお》く沈んだ肌色をしていた。

「おやじの仕事を手伝って日焼けしたんや」

聖一はアルバイトのことを話した。

「わいは毎日、金属屑運びやった。朝から晩まで炎天干しはきつかったで」

高山も金属取引の家業の手伝いについてふれた。

「二人には悪いがのう。わしは読書ざんまいじゃ」

小坂はちょっぴり自虐をこめて頬をなでた。

店にはまだ早い時間なのか他に客がおらず、荒井の母親がひとりで切り盛りしていた。聖一はつい妹の京子の姿を探す目になった。それを見透かしたように母親が「美善《ミソン》は」と発しかけて「京子はもうちょっとしてからくるよ」といいなおした。聖一は赤くなった。それを追撃するように高山がいった。

「金城啓子がおるのに、お前、案外浮気もんやなあ」

高山があけすけにいうと、母親が「若いんや。女の子、気になるのはあたり前や」と助け船をだしてくれた。

金城啓子のことが話題になった。母親は「京子より、あの子は本当にいい子よ」と啓子の肩を持った。

「わいは京ちゃんのほうが上やと思うで。啓ちゃんはちょっと暗いとこがあって」

「京子ははっきりものをいって困るのよ。その点、啓ちゃんはやさしいしね」

聖一は母親と高山が親しく口を利くのと、啓子のことも呼び捨てにするのが意外だった。聖一がそのことをもらすと、網に肉を載せ火加減を見ていた小坂が教えてくれた。

「荒井さんとこと高山は親戚づきあいをしとるんじゃ。それに金城の家族はこの店の常連で、金城啓子こと金順玉《キムスンオク》もちいさい時からよく連れてこられて、京子さんと友だちづきあいをしとると聞いとる」

聖一は彼らの交流をはじめて知った。

「私の名前がでていたけど、何のうわさ」

京子が荷物を抱えて飛びこむように入ってきた。

「お前のことなんか誰もいうとらんわい。今は金城啓子のことをほめとったんや」

「ふうん。まあ、ほんとに啓ちゃんは可愛いもんね。学校の男の子にもてるんやろね」

京子が高山の話を受けると、「そうなんや。こいつもそのひとりの口なんや」と突然、高山が聖一を名指した。聖一は箸をとり落としそうになった。その聖一の顔を京子がぶしつけなほど視線を向けてきた。聖一はどぎまぎして目を泳がした。

「辻さんですね。夏休みの合宿の打ちあげの時にきてくれはりましたよね」

一度来店しただけなのに、名前を覚えてくれていることにちょっぴり胸奥がくすぐられた。高山がちょっかいを入れた。

「辻よ、金城より京ちゃんの方が脈ありそうやで。乗りかえるんなら今やで」

「何いってんの。辻さんが迷惑しはるわよねえ」

京子は長いまつ毛をしばたたかせた。聖一は困惑して頭に手を添えた。

「そやけどこいつのは、片想いというやつなんや。うじうじせんとはっきり告白したらええのになあ」

高山はとんでもないことを暴露してしまった。聖一は高山なんかに金城への想いをかぎつけられなければよかった、と心底後悔した。高山に金城への秘めた心を知られたのは夏休み前のことだった。

その日、高山と金城は校庭の砂場近くでことばを交わしていた。夕暮れ時で二人の影が長くのびていた。長身の高山が屈んで話しかけるたびに金城がのけ反る姿勢になり、接吻でもするようなシルエットになった。聖一は柔道の練習が終わってたまたまその場に居あわせてしまった。

聖一はしばらく高山と口も利かなかった。高山は不審がって、「お前、どうしたんや。えらい不機嫌やなあ。何ぞあったんか。わいにも話せんことかいな」といつもの調子でたずねて来た。聖一は高山に話しかけられると、ぷいと教室をでていった。

高山の気のいいところは、「小坂が文学の話の続きをしたがってるで。帰りに例の店に寄って行かへんか」とこだわりなく接してくることだった。高山が話しかけてくるたびに金城と唇を重ねている図が目にうかんで、体が震えた。なのに高山はあいかわらず能天気に話しかけてきた。聖一は拳をにぎり締めて机をにらんでいた。さすがの高山も聖一の鬱屈に異変を感じたようだった。

「お前、ほんまにどうしたんや。わいにいいたいことがあるんやったらいうてみいや」

高山と断固決裂するつもりで、「もう、僕にかまわんといてくれや」と席を立とうとした。なのに口からもれたのは、「高山は金城とつきあっとるんやろ」というセリフだった。聖一は自分のことばに仰天した。高山は一瞬、首をかしげたが、「そうか。そういうことやったんかいな」と納得の声をあげた。

「お前なあ。何処《どこ》ぞで見たり聞いたりしたのか知らんけどなあ。あいつとは幼なじみで親しいのはあたり前や。他のやつもつきあっとるんか、とお前みたいに聞いてきよったけど、わいがしょん便臭い女学生には関心ないというとやな、皆、金城に声かけよったが、全部断られよった。それでもお前みたいにぐずぐずしとらんと、男らしゅうアタックしよったで」

高山は聖一の誤解にあきれたような声を交えてけしかけた。

聖一は夏休み前の一件を思いだしながら、やっぱり高山にかぎつけられたのはまずかったな、とふりかえっていた。

「お前も、そんな話が好きやのう。女のけつ追いかけまわす暇があったら一冊の本でも読んだらどうや」

小坂が肉の焦げる煙で顔をしかめながらいった。

高山は小坂の嫌味に負けていなかった。

「人生ほれた腫《は》れたこそが華でんがな。まあ、あんたは女には興味ないのかもしれんけどなあ」

聖一はそのことばには強く同感するものがあった。

「わしは女なんか面倒くさいだけじゃ」

今度は高山と小坂のちいさな応酬になった。京子がそのようすをほほえみながら見守ってカウンター内にひっこんだ。聖一は小坂と高山に話をまかせて肉を頬ばった。

「お前はほんまに自意識過剰やなあ。それでは金城は落とせんで」

小坂とふざけていた高山が突然聖一に向かっていった。そのことは中学時代の親友、古川孝二にも指摘されていた。

「辻は相手のことを気にしすぎや。俺は好きやと思ったらだめもとで声をかけて見るけどな」

孝二はその時、聖一の臆病さ加減が不思議でならないというようにいった。聖一は周りの視線が気になって、自分の行動や言動がどう受けとられるかと、常にびくびくしていた。

小坂が高山の弁をひきとった。

「自意識過剰な人間はたいていナルシストなんじゃ」

聖一は小坂に謎かけでもされているようだった。小坂はそれを承知してか、別のことばでいい替えた。

「そういう人間は、自己愛が人一倍強いんじゃ」

聖一はそれでも充分に理解できなかった。小坂は今度は直接的にぶつけて来た。

「辻は僕なんか、とさも自分をつまらん者のようにいうけど、それは死ぬほど人に愛されたいという、注目してほしいという気持ちの裏返しなんじゃ。愛情に飢えとるというか。わしにはそう思えるけどのう」

「さすが小坂は鋭いで。辻は自分が一番大事やから、自分の殻に閉じこもってしまうちゅうわけやな」

高山もあとを追うようにいった。聖一は彼らのことばに杭を打ちこまれたようで涙ぐんでしまった。

「おい、おい。お前を泣かすようなことというてないぞ」

高山が聖一の肩に手をのばして驚いたそぶりをみせた。だが、小坂はきっぱりといった。

「ええんじゃ。辻にはもっといってやらなあかんのじゃ。自分をもっと解放するためにな」

聖一は目を潤ませたままうなずいた。二人と友だちになれてよかったと、こみあげるものがあった。

小坂と高山の友情に感激していると、高山があきれたようにいった。

「こいつは、ほんまにくそまじめやなあ」

「そらあんたとはできが違うで」

小坂が茶化した。

「辻。旨いもん食って、わいわいいうとったら元気がでるちゅうもんやで」

高山は聖一の気分をひき立てるようにいった。

「辻は人のいうことを気にしすぎる所があるのう」

小坂は続けて前言を翻すことばをつけくわえた。

「そやのに頑固で、てこでも動かん所があるのう」

「そこなんや。こいつはすぐに僕なんか、といいながら、自分で決めたことは誰がどういおうと通しよる」

聖一はいつも周りの主張にひきずられて、小坂のいう頑固さが自分にあるとは思えなかった。でも断固として守りたいものは山ほどあった。自己存在の意味への問い。金城啓子への秘めた想い。親友古川孝二への熱狂的な友情。それらは絶対に譲れなかった。

小坂や高山と話していると、自分のいろんな面が発見できた。聖一が自己を「変人」と評すると、

「変人といえば、こいつなんかその最たるもんじゃ」小坂がタバコの煙を高山に吹きつけた。

「それはあんたにおかえしするわい。二十歳で高校生やて。こんな店でとぐろ巻いてタバコをふかして、世間からはみだしてる変人はあんたそのものやで」

高山が倍返しとばかりに放言すると、すかさず店の奥から荒井の母親の声が飛んで来た。

「こんな店やて、悪かったねえ」

高山が頭をかくと、母親はたっぷりとした体をゆすってあけすけに笑った。小坂は頬杖をついていた。聖一は小坂の横顔に、夏休みのアルバイトで知りあった京大生、本木文夫のことを思いだした。小坂も結核で療養していなかったら、今頃は本木や小坂の兄と同じで京大に行っていたかもしれなかった。

「小坂の兄さん京大生やろ。バイト先でも京大生の人がおったけど、独占資本主義とか帝国主義とかいいはるんやけど、僕にはさっぱりわからんかった」

「わしもそんな話ばっかり聞かされとる」

小坂も否定しなかった。

小坂は兄貴が勝手に押しつけてくるといいながら、その思想や哲学に新鮮に刺激されているのが血の気の薄い頬に赤みがさしていることでわかった。聖一には小坂が日頃、蒼く沈んだ肌に、脂っ気のない髪や平板な造りの顔のせいでやはり病みあがりの印象が強かった。なのに今は細い目が強く光っていた。

夏のアルバイト現場でも、京大生の本木が帝国主義がどうのといった時、やはり指を指揮者のように立てて、とがった喉仏をしきりに上下させて視線をきつくした。小坂と本木は普段無表情で感情を表すタイプには見えなかったが、こうした話題になると俄然、身を起こしてくる感じがあった。

聖一は小坂や本木を熱くさせ、三年前の安保闘争で国会に突入したり、デモで死んだりした学生がいたというけれど、学生をそんな行動に駆り立てる思想って何だろう、という思いが萌《きざ》した。

「まあ、こいつは大学に行ったら、兄貴よりバリバリの全学連になりよるで」

高山が確信めいていうと、「わしはあんなワーワーいう連中と一緒にはならんのじゃ。大学に行ったら、人間とは何かを究めるためにただ沈思黙考じゃ」

小坂は自分を冷ますように鼻でわらった。

「何をおっしゃる。人間はタンパク質やと公言してはるお方が、これ以上、人間の何を追究されますのや」

いつもの高山の毒のある揶揄《やゆ》だった。

「まあ、人間の問題はわしにまかせて、高山はせいぜい虫の生態でも観察しとくんじゃのう」

小坂も負けていない。聖一は二人に口を挟めなくてただそのやりとりを聞きながら、自分がもし大学に進学するとしたら、何を学び、何を目指すべきなのかと、はじめて具体的に考えさせられた。

「さあて。もうちょっと食いたいなあ」

高山が話を打ち切り、つられて小坂や聖一が店内の壁に貼りだしてあるメニューをながめ回していると、三人連れの客があった。ひとりは女性で、話し方が「それでさあ」と弾むような声の調子で、語尾が跳ねる関東弁だった。聖一は聞き覚えのある声だと思って入口の方に目を向けた。

「三羽鴉《がらす》のお目見えじゃ」

小坂があごをしゃくってつぶやいた。

「渡辺に仲間、それに榊か。あいつらいつも一緒やで」

高山も同調したが、聖一には意味がわからなかった。

小坂が教師「三羽鴉」の由来を説明してくれた。

「あの三人は先生の組合の活動に熱心なんじゃ」

小坂が三人に視線を送ると、保健室の仲間亜希子が気づいて声を掛けてきた。

「おや、小坂君に高山君。それに辻君じゃない」

聖一のクラス担任の渡辺邦夫が、黒縁めがねの枠に指を添えて笑みを送ってきた。あいかわらず櫛の入っていない頭髪はもつれ切っていた。聖一にはあまりなじみのない榊雅史は軽く手をあげた。聖一は小坂の目の前のタバコの煙が気になった。だが、教師たちは何もいわなかった。小坂が二十歳を超しているせいだろうと推測した。それに関わることで、高山が「マッコリでも飲もうと思っとったが助かったわい。今度つかまったら停学やもんな」と小声でいった。

「ええんじゃ。学校ぎらいのお前やろうが」

小坂は大いにタバコをふかした。

「いくら薹《とう》の立った高校生でも教師の前ではねえ」

仲間が小坂に嫌味たっぷりにいった。小坂は仲間のことばで遠慮したのか、タバコの火を消した。

「えらい素直やないけえ。いつも先公のことはぼろくそやのに、顔あわせたら借りてきた猫みたいやで」

高山がからかう口ぶりに辛辣さを交えた。

「まあな。わし、あの三人には一目置いとるからな」

小坂はめずらしく教師たちをほめた。

「あの榊なんか、いつもへらへらわらっとるように見えて、ひょっとこと呼ばれとるがのう。いうべき時はしっかり主張しよるし。それにあいつはわしらが思っとる以上の物理学者なんやぞ」

榊は反っ歯《そっぱ》で盛んに目をしばたたかせるので、頬肉の動きとあいまっていつも笑みをうかべているように見えた。榊は授業では自身が実験や説明を楽しむ趣があった。いずれ大学に戻って研究者になる夢を抱いている、ともうわさされていた。

小坂と高山が三人の教師評を交わしていると、仲間が割りこむように話し掛けてきた。

「君たち、今日は何の集まりなの」

「夏休みの勉強に疲れた励ましの会とでもいっときますか」

小坂はとぼけた口ぶりで答えてたずねかえした。

「仲間先生こそ、何の徒党なんですか」

「徒党だなんて。まるで悪だくみねえ」

小坂と仲間は友だちのような口を利いた。

仲間は「今日は組合の教育研修会だったのよ」と三人の行動を説明した。

「先生らも、このくそ暑いのに研修会やて、ようやるもんじゃと、わし、思うわ」

「わいらと違《ちご》うて、先生なんか頭にいっぱいつまってて、もう勉強することなんかあらへんはずや」

高山も追っかけるようにいう。

「何いってるのよ。先生だからこそ、勉強しないと世の中の動きに追いついていかないのよ。それに教育委員会の研修会と違って、自分たちで決めたテーマだから、これが刺激的で愉しいんだなあ」

仲間は軽く首を回し、白い歯をのぞかせた。仲間は学校ではほとんど白衣姿だった。今はスラックスに薄い布地の半袖シャツのスタイルなので、豊満な体がそれらをはちきれさせていた。たっぷりとした胸に太い腰回りだった。高山が以前、「仲間は白衣で隠しとるが、あの下はほんまボインやで」ともらしたことがある。それに普段、化粧気もなかったが、今は肉厚な口元に薄い紅をひき、ショートカットの黒髪の耳元にイヤリングがのぞいていた。浅黒いが豊かな頬の大きなえくぼに愛嬌があった。聖一は学校での雰囲気と違う仲間に、恋人がいるのだろうか、と推測した。高山の言では、仲間には思い定めた人がいたが、特攻隊で逝ったという。高山はそのことを、「三十を超しているのに、仲間死んでしもたやつに操《みさお》を立てて、もったいないことやで」と卑猥にいった。聖一にもそうした妄想がまぎれこんできたが、小坂が研修会の内容をたずねたので断ち切れた。

「どんなテーマで話しあうんですかのう」

仲間は頬に指を添え、案外思案顔になった。

「俺らをどうしたら素直でええ子にできるか、とか」

高山が茶々を入れたが、仲間はかえって表情をひき締めた。

「全人格的教育とか、貧困と教育、学習意欲を高める教育実践なんかについて話しあい、深めあうのよね」

仲間は幾つかのテーマを紹介した。

「先生の研修会やからそういう話はあたり前やと思うけどのう。今、問題になっとる部分的核実験禁止条約のことや原水禁運動のことなんか、とりあげることはないんかのう」

小坂は鋭い時事問題を淡々とたずねた。仲間は小坂の質問に一瞬唇を結び、眉根をひそめた。

小坂は仲間の表情がきびしくなったのでそれ以上質問しなかった。

「そんな話、よけい暑苦しゅうてかなわんがな」

高山が話をさえぎると、小坂がたしなめた。

「何いうとるんじゃ。学習意欲を高めるためにどうするんかなんて、お前のために先生方が話しあってくれているようなもんじゃぞ」

「へいへい。ありがとうさんでございます」

高山はひょいと頭を下げた。仲間は笑顔をとり戻した。聖一は小坂のことばで、夏休みの補習の礼をいわなければと、渡辺たちの席に近づいた。

「先生。補習お世話になりました」

聖一が頭を下げると、「ほい、ほい。すこしは役に立ったのかな」渡辺の酒気でゆるんだ表情は平板な顔の造りのせいか、にやけて見えた。

「渡辺先生な、君のこと心配してるぞ。あいつはできるのに、何かよけいなものに邪魔されてるとな。そんなこと思ってくれる先生がいて君は幸せだと思うよ」

榊と親しく口を利くのははじめてだったので、このことばに驚いた。渡辺は聞こえぬ風に頬杖をついてマッコリを口に含んでいた。榊は渡辺と違って口調は軽く、授業中にもよく冗談をいった。

「今日はサラダには欠かせない夏野菜が大好きな科学者の研究について勉強します。まず、その研究者の名前は」と問いかけ、続けて「はい、その人の名はキューリ夫人です」と答えたが、誰もわらわなかった。渡辺にいわせれば、榊は何とかして物理を好きになってもらおうとしてギャグを入れているのだという。

「先生、すみません。僕、数学に物理は全然だめです」

聖一は日頃の授業で生徒を思う熱心さを感じていたので、自然に口をついてでた。

「渡辺先生から聞いてますよ。一足す一への君の疑問もね。高校生でそんなことというとばかにされます。でも、優れた科学者も自分が研究対象にしようとした時は、相手にされなかったんです。でも、自分を信じたんですよ。それがとても大切なことですよ」

榊は諄々《じゅんじゅん》と語りかけてくれた。渡辺が職員室や補習で励ましてくれた時以上に胸に沁みてくるものがあった。聖一は榊からこうした話が聞けるのも渡辺のお蔭だと、そっとマッコリの瓶をとりあげて榊と渡辺の杯に注いだ。渡辺はどういう風の吹き回しなのかと、聖一の顔を見つめてから相好をくずした。

聖一は渡辺や榊、仲間など、こんなにも自分を心配してくれる先生が三人もいることが発見できて、穴の空いていた胸底が厚く塞がれてゆく実感があった。その一方で、そうした先生たちが聖一の苦手な数学や物理、それに保健室の教師というのも皮肉だな、とひそかにわらってしまった。

「あの子たちにいろいろ聞かれて喉渇いちゃった」

仲間が小坂や高山の席から戻ってきた。渡辺がマッコリを勧めたが、「ビールがほしいなあ」と腕まくりをした。仲間が先生たちの輪に戻ったのを潮《しお》に聖一も元の席に移った。早速、高山がたずねた。

「お前、しっぽりやられとったなあ」

「そんなんと違う。ええ話してくれたんや。僕、榊先生をもう『ひょっとこ』なんてよういわんわ」

聖一の言明に小坂も同調した。

「榊は素粒子論の分野では、知る人ぞ知るで、大学か研究所から誘いがあるというもっぱらのうわさじゃ」

聖一は榊を見つめなおし、離れて見ると、やはりその顔の輪郭は〝ひょっとこ〟に似ていて、わらい顔には特に吹きだしてしまいそうになった。聖一は、もうあだ名では呼ばないという自分のことばを裏切らないように、けんめいに膝をつねった。

「そやけど、あの三人、三羽鴉といわれるだけあって仲がええというか、呼吸が合っとるで」

高山が感心すると、小坂が解説した。

「三人とも戦争反対で一致しとるんじゃ。仲間の好きな人は特攻隊で死んでしもて、渡辺は南の島へ派遣されて餓死寸前まで体験したそうじゃ。それに榊は理科系の学生やったから兵隊にはとられへんかったけど、友だちの六割は戦死したともいうとった」

小坂は三人に視線を送りながら、「まあ、反戦三人組とも、赤いトリオともいわれとる」と教えてくれた。それをひきとるように高山もいった。

「安保闘争の時は、東京までデモに行ったらしいで」

「とにかく、あの三人の戦争反対の根性は並みのもんやないんじゃ」

「わいも、あの三人だけは他の先生と違うと思とる」

皮肉屋の小坂に、文句いいの高山の高い教師評だった。聖一はこうした話を聞くにつけ、自分の周りには戦争が満ち溢れていると思えた。それは孝二の母親、佳代から満州のひき揚げ体験を聞いた時にも思ったことだった。

聖一の周りには、戦争の傷跡が生なましくあった。

父清次郎が所属していた九州鹿屋《かのや》特攻基地の話。おふくろの空襲体験と疎開。そのせいでの兄耕一の里子話。近所の傷痍軍人のおっちゃん。中学時代の未だに軍人精神だった「鬼熊」とあだ名された体育教師。環状線沿線に広がる砲兵工廠跡。

聖一は日頃聞いている話や目にしている景色を思いうかべて、僕が生まれる直前まで、毎日、殺し、殺される日々やったんやな、と強く意識させられた。

やがて小坂たちとたわいのない話に戻り、聖一がそれを面白がっていると、突然、仲間が高い声をだした。

「私はさあ、あの社会党や総評のやり方はさあ、絶対に許せないんだからね」

仲間が手荒くジョッキを置きビールが飛び散った。聖一たちが驚いてふり向くと、仲間が中腰になって拳を胸の前で固めていた。渡辺がなだめるように仲間の腕に手を添えていた。榊はなぜか聖一たちに首をふって見せてから、仲間に向きなおって唇に指を添えた。そのあと、三人は身を乗りだすようにして額を寄せ、声をひそめた。渡辺と榊の声はくぐもっていて聞きとりにくかったが、仲間のは時々はっきりと伝わってきた。

「意見が違うからって席を蹴ってしまって、統一と団結が何よりも大切なのに。それにこの大阪では志賀さんもそれにくわわって策動してるのよねえ」

三人の話の断片に高山が声をひそめていった。

「何の話か知らんけど、深刻そうやで」

聖一にもぴりぴりとした空気が感じられた。

「原水爆禁止運動とかいうのがあるじゃろう。それをめぐって揉《も》めてるとか、兄貴がいうとったのう」

小坂の説明にも、聖一はもちろん高山も要領を得ない顔をした。小坂は、「兄貴がいうにはやな」とその運動をめぐって起こっている事態を説明してくれた。

原水爆禁止運動は、一九五四年三月一日にアメリカの太平洋ビキニ環礁での水爆実験で、マグロ漁船第五福竜丸が被ばくしたことがきっかけで、翌年に原水爆禁止日本協議会が結成されてはじまったという。

「あのマグロの騒ぎやったらよう覚えてるで。確か小学二年か三年生の頃で、マグロを捨てとったのをもったいないな、わいにくれたらええのに、と思ってたなあ」

聖一にははっきりとした記憶はなかった。

高山が汚染マグロの話にふれると小坂がいった。

「まあ確かに、高山は普段はマグロみたいな贅沢なもんは食えんかったやろうから、放射能まみれのマグロでも食いたかったのはよくわかるのう」

「ほっといてくれるか」

高山は唇をとがらせたが、「そやけど、悔しいけど小坂のいう通りやで。朝鮮戦争の頃は、自分の国が荒れるのは悲しいけど、屑鉄が高《たこ》う売れるのはうれしいとおやじがいうとったけど、マグロ騒ぎになった頃は、その日の飯も満足に食えんかったもんな」と急にきまじめな口調になった。小坂は「それでじゃ」と再び高山から話をひきとり、原水爆禁止運動をめぐる話を続けた。

「ソ連の核実験をめぐって、いかなる国の核実験に賛成か、反対かで、今まで一緒に運動してきた人らの間で意見が対立してやな。問題なんは、兄貴がいうには、いろいろ意見が違《ちご》ても仲間割れをするのは間違っとる。統一と団結を乱す分裂行動はあかんというわけや。まあ、わしの知ってることはここまでじゃ」

小坂は肩をすくめ、両手を広げて見せた。

「わいら高校生にはわからん話や」

高山も肩をすくめた。

「まあ、わしも兄貴の受け売りやからのう」

小坂は正直にいったあとにつけくわえた。

「そやけど。わしらの高校にもあの三人の先生と同じで、原水爆禁止運動とかに熱心な生徒がおるんじゃ。署名とかも集めとる、と聞いとる」

「そんなやつがおるんか。誰やそいつは」

高山が非難するような口ぶりでたずねた。

「二年八組の神原一郎じゃ」

小坂が答えると、「ああ、生徒会長の神原か」高山は納得の声をだした。

「あいつは陸上選手で、勉強はいつも校内でトップや。おやじは弁護士と来とる。あいつならなあ」

「お前は単純やからのう。感心ばっかりしてものう」

小坂は軽くからかうような口を利いてから、やはり高山と同じくほめた。

「聞くところによると、神原の読書量といったら、わしもびっくりしてしまうほどでのう。榊がいうとったけど、物理の授業で間違いを指摘されたのははじめてやったそうや」

聖一はつい自分と比較してひがんでしまった。

小坂は神原の父親のことも紹介した。

「それにあのおやじさんがまたすごいんじゃ」

「兄貴がおやじさんの弁護士事務所によく出入りしとってな。おやじさん、『民商』とかの顧問で零細企業や商売人の相談に乗っては税務署と交渉したり、鉢巻き締めてデモの先頭に立ったり、寺田町駅前で自転車に旗立てて演説しとるというんじゃ」

聖一は古川孝二から、駅前でひとり演説しているおっさんがいる、と聞いていたことを思いだした。

「そういえば友だちもいうとったわ」

聖一が思わずもらすと、高山が口を挟んだ。

「その親にしてその子あり、というわけや」

小坂はにやりとしてうなずき、ことばを継いだ。

「そこの三羽鴉も、神原弁護士と親しいらしいんや」

「世直し弁護士にその息子。それに組合ばりばりの先生連中というと、これは話がつながってくるで」

高山は高い調子であいづちを打った。

「まあ、わしは神原弁護士のような人を尊敬するのう。それに神原の読書量には絶対負けとうない」

小坂はめずらしく対抗心をあらわにした。やがて、聖一たちは三人の教師に挨拶をして店をでた。

仲間たちはこみいった話に集中しているのか、わずかに顔をあげただけでその表情はいつになく厳しかった。

第九章　仮装行列

体育祭が近づいて来た。クラス対抗リレーや組体操、神原などが活躍する四百メートル競走などのプログラムが組まれていた。聖一たちのもっぱらの関心は仮装行列に注がれていた。一クラスで五、六人のグループを作り、扮装のデザインなどで一番の着想力のあったものには学年ごとに校長賞が授与された。聖一と高山は同じグループになった。高山が一番張り切った。

「わいらのは誰も思いつかんやつをやったろうや」

忍者や『鉄腕アトム』、ソ連のガガーリンみたいな宇宙飛行士などの案がでた。だが高山が反対した。

「そんなこと、皆考えるで。もっと目立つことせな」

そういわれると、全員が顔を見あわせた。その間におずおずと口を開く者がいた。

「あのな。僕らが小学生の時、放射能に汚染されたマグロ騒ぎがあったやろ。あれ水爆実験のせいやと聞いてるけど、あれを仮装にしたら、と思うんやけど」

いつもは目立たない島村昭雄が提案した。

島村の発想に高山が飛びついた。

「それ、他のやつらは絶対思いつかんで」

他の者は高山の威勢にひきずられる空気になった。聖一はわけもなく同調したくなかったので質問した。

「何でそうしようと思うんや。それにどんな扮装をしたらええのか、想像がつかへんのやけど」

「小学校の頃から核実験とか続いてるやろ、そやからそのことで何かしたいと思ってたんや」

島村の口調は訥々《とつとつ》としていた。

聖一は原爆マグロや核実験を結びつけて仮装行列に参加しようという島村の発想に驚いた。聖一はその時、荒井の店で、仲間が「部分的核停条約、分裂」を口走り、渡辺、榊がそれをめぐって表情を厳しくしていたのを思いだした。放射能マグロを仮装行列の扮装に、という島村の提案は通った。

デザインが決まり、準備がはじまった。まず上半身がすっぽり納まる紙箱が用意された。その上部と両端をくり抜いた。そこから頭や腕が突きだせた。これで体半分が箱人間になった。続けてレストランのコックの高い帽子に似た円筒状の被り物を作り、その上に、不要になった布団の綿をほぐして山盛りにした。全体像ができあがると、上半身の箱部分の表面にマグロと船を枠いっぱいに描いた。第五福竜丸とビキニ環礁《かんしょう》水爆実験の文字を書き入れた。マグロと船の絵は色鮮やかで、文字はくっきりと浮きあがった。

「おう。これでわいらが校長賞いただきやで」

高山の声に皆が目を輝かせた。最後に高山が灰色の絵具を噴霧状にして、帽子の上の綿や円筒部分に吹きつけた。これできのこ雲が完成した。制作グループのひとりがはしゃいで、仮装の格好で廊下を練り歩いた。他クラスの生徒も一緒になって囃した。

「君らは廊下で何を騒いどるんや」

突然、聖一たちの背後からだみ声があがった。ふり向くと教頭の野山浩吉が立っていた。

「先生、おもろいですやろ」

高山はちょっと得意げに扮装を押しだして見せた。教頭はそれを目にしたとたん、「これは」と絶句することばをもらした。丸顔の教頭は額が後退して、頬やあごの肉がだぶつき気味だった。いつもちいさな目をしょぼつかせ、腹が突きでて小柄だったのでタヌキとあだ名されていた。それゆえにか、聖一たちは教頭を甘く見ていた所があった。

教頭はマグロ船ときのこ雲の扮装に声を震わせた。

「こ、これはいかん。誰の許可を得たんや」

「扮装を作るのに許可が要るなんて聞いてまへんで」

高山の口調はまだ軽い乗りだった。

「き、君な。こんなのは高校生にふさわしくないんや」

教頭の弁は何の説明にもなっていなかった。

「教頭先生のいわはること、ようわかりまへんわ」

高山はひかなかった。

「とにかく、運動会の催しにはふさわしくないんや」

教頭はただ決めつけた。

「僕は、核実験のことを皆に知ってもらうええ機会やと、思うんですけど」

教頭は日頃、ひっこみ思案な印象のある島村の主張だったので、さとすような口ぶりになった。

「もっと他に考えられることがあると思うけどなあ」

教頭のことばに島村はうつむいてしまった。高山は今度はかえすことばに思いあぐねているようだった。だが、聖一は日頃の思いに火がついて口走った。

「他に考えなあかんことって何ですか。こんな問題こそ、ほんまの勉強と違うんですか。僕らが考えたことを何で妨害するんですか」

　聖一は激してくるままにぶつけた。

「き、君は五組の辻君やな」

　教頭が確認するように名指しすると、「そんなこと、関係ないやろう」誰かが喧嘩腰でいった。それと同時に何人かが教頭につめ寄った。教頭がよろけた。

「何するんや」

　教頭はだみ声を張りあげた。その時、高山が生徒の輪を解きにかかり、「すんまへん。運動会を盛り上げようとして考えただけのことやったんです」と一転して軟化した。高山の急変に肩透かしを食らった思いがあった。聖一はそのせいか、意地でも強くでた。

「僕は絶対に納得できません」

「僕も、です」

　島村も続いた。教頭は「校長先生に報告せな」と輪を抜けだしかけた。

「僕らも校長室に行きます」

　聖一がきっぱりと伝えると、「大勢で押しかけるのはあかん」教頭は渋った。聖一は代表者みたいな形になるのを一瞬ためらったが、島村も迷いなく申しでたので意を決した。高山はその時、すっかり生徒の輪の中に紛れてしまっていた。

　校長室は職員室の隣りにあった。校長室の戸をひくと、額縁入りの歴代校長の写真が壁に掲げてあった。部屋の中央にソファが備えられ、その奥の校庭を見渡せる窓枠を背に校長が机の前に座っていた。校長はあわただしい三人の足音で書類から顔をあげた。

「おや、教頭先生、どうかされましたか」

学生時代に野球選手だったという校長は背が高く、肩幅も広かった。小柄な教頭と並ぶと凸凹コンビそのものだった。

「校長先生、仮装行列のことでご報告したいことが」

教頭は額や首筋をハンカチで拭いながら説明した。校長は浅黒い肌に発達した額や頬骨、濃い眉と目の大きさに迫力があった。こんな先生に怒鳴られたら、縮みあがって何もいえなくなるかも、と聖一の中でびくびくするものがあった。

「うむ。そうですか」

校長は身じろぎもせず耳をかたむけたあと、ゆっくりと口を開いた。太く、穏やかな声だった。聖一はその響きに内心ほっとした。

「君たちは二年五組だったね」

聖一と島村がうなずくと、「まあ、お座りなさい」とソファを勧めてくれた。

聖一たちはほんのすこしだけ尻をそこに預けて両膝に手を揃えた。校長もソファに移ったが、長い脚がテーブル前で窮屈そうだった。聖一はますます緊張して、脇の下に汗をにじませた。島村の横顔をうかがうと、まぶたがはれぼったく、眠そうな表情で普段とかわらないようだった。校長のことばづかいはあくまで丁寧だった。

「まあ、君たちの考えをまず教えてくれますか」

「僕は、核実験のことを皆で考えるきっかけになったらと、思ったんです」

聖一はそういったものの、人の尻馬に乗っただけのことだ、という自覚がきて自分が情けなかった。

「そうだ。担任の渡辺先生を呼んでいただけますか」

校長ははたと気づいたように教頭に依頼した。

「そうですな。渡辺先生に同席してもらわな」

教頭を見送ったあと、校長は島村の発言を求めた。

島村は自分の家は魚屋で、小学校の頃の放射能汚染のマグロ騒ぎが強く心に焼きついている、と打ち明けた。そのため核実験のニュースには関心があり、今回の提案をしましたといった。

ふだんは無口といってよい島村だったのに、原水爆の問題に関しては訥々とした口ぶりに思いつめたものをにじませ、よくしゃべった。

第五福竜丸の久保山愛吉さんのこと、峠三吉の詩のことなど、聖一にははじめて耳にすることを次つぎと口にした。それも思いつきではなく筋道立ったものだった。

聖一は島村の横顔をながめながら、物事を知るということは人をこんな風に変えるものなのか、と考えさせられた。

「そうですか。君の考えはよくわかりました」

校長はソファから上体を起こして両膝を打ち、一呼吸置いてからたずねた。

「ところで、この話は渡辺先生は、もちろんご存知なんだね」

聖一と島村は顔を見合わせた。

「そうですか。君たちだけで、考えた」

校長は出張ったあごをゆっくりとなで、思案をめぐらすようにもらした。

「あのぅ、仮装の扮装は先生の許可がいるんですか」

校長に対している島村の姿勢は、亀が甲羅に首をすくめている図に見えた。なのにたずねた口調にはけじめをとるニュアンスがあった。

校長は一瞬、口元をひき締めたが、「そんなものは要らないし、大いに君たちの自由な発想でやってもらって結構なんだよ」と答えたあと、「ただねえ、君たちに考えてもらいたいのは、高校生としてふさわしい行動というか、とり組みなんだなあ」とつけくわえた。

聖一は意味を受けとりかねたが、島村が今度はすっと背筋をのばしてたずねた。

「校長先生も僕らの考えた仮装行列は、高校生にふさわしくないと思ってはるんですか」

島村の問いはまっすぐだった。

「君らの考えは尊重するが、もうすこし手なおしがね」

校長の答えはやはりあいまいだった。

「やっぱり口だししはるということですやろ」

島村の声が高くなってゆく。

「そうとがって考えないでほしいんだなあ」

校長は軽くいなすようにいった。島村は両膝の上で拳を固め、唇を結んでいた。

島村の表情にはまだあどけなさはあったが、まばたきもしない横顔には頑固さが表れていた。

ことばが途切れ、重苦しくなりかけた時、教頭と渡辺が校長室に入ってきた。

「校長先生、渡辺先生がこられました」

「どうもご苦労様です」

「校務で外にでていましたので、失礼しました」

渡辺は丁寧に頭を下げた。日頃になく髪を整え、背広姿だった。

「今日は教育委員会の研修会でしたね。朝からお疲れさまでした」

校長は慰労することばを吐いてから切りだした。

「先生のクラスの仮装行列のことなんですがねえ」

渡辺はネクタイの結び目に指を添えて威儀を正す姿勢になった。平板な印象のある横顔は唇を突きだす表情で、全体が反りかえったように見えた。

「それが何か、問題があるんでしょうか」

渡辺は不審を強調するようにいった。聖一は渡辺が校長に問いかえすことばに力を得た気がした。島村も目に力をこめて渡辺を見つめた。

「先生はこのことに賛成されたんですか」

校長は一転して、詰問調になった。

「賛成も何も、生徒たちのやることは、自主性にまかせています」

普段の渡辺はかみ砕いて諄々と説くタイプだった。聖一が職員室で悩みを打ち明けた時、その助言は胸に沁みるものだった。だが、たった今の渡辺は毅然とした物言いをした。

「自主性は結構ですが、実際の行動についてはよく把握していただかないと」

ことばは丁寧だったが命令の響きがこもっていた。

「おことばですが、校長先生。今まで生徒の自由にやらしてきたと思いますが、何が問題なんでしょうか」

聖一たちにとってもそこが一番聞きたい点だった。

「渡辺先生、おわかりになりませんか」

教頭が代弁するように口を挟んだ。

「全くわかりませんね」

渡辺は一蹴するようにいった。

「渡辺先生ならおわかりかと思うんですがねえ。先生方の間でも随分対立されている問題だとか」

校長は、原水禁運動を巡っての分裂の事態をにおわせて、あてつけた。渡辺が眉根を険しくした。

「要するに、高校生にこうした政治的な問題に関わらせるのはいかがか、と私は申しあげたいんです」

校長はようやく問題の核心を明らかにした。聖一たちにもやっと苦情の種が飲みこめた。

「校長先生。原水爆禁止の問題についてはこれからの青年、高校生には大切な問題ではないでしょうか。私は、生徒たちがこうした問題を仮装行列の企画にとりあげたのは、ほめてやりたいぐらいです」

渡辺はあいまいさを微塵も残さずに突きつけた。

「それは先生方の立場からのお話しですね」

校長も一歩も退《ひ》かない口調になった。

渡辺は一呼吸置いて、ことばのトーンをかえた。

「そういうおっしゃり方はおかしいと思いますが」

「私も誤解を与える物言いをしてしまいました」

校長も折れた。二人のやりとりを前に当の聖一たちは置いてきぼりの感があり、何となくいづらくなった。それを察してか、渡辺が提案した。

「校長先生。運動会までにはまだ日がありますので、今日はこれまでにしたいと思いますが」

教頭が異議を挟みかけたが、「わかりました。私も他の先生方の意見もお聞きして考えてみたいと思います」と了承した。聖一たちは要領を得ないままに校長室を退出した。

渡辺はそのまま聖一と島村を職員室に呼び、ネクタイをむしりとるようにして外し、せいせいしたように首を回した。

「二人とも校長先生と話して疲れたやろう。私も肩の凝る研修が終わったところやからいささか疲れた」

渡辺はその場の空気をなごませるようにいった。そのことばに聖一も息を抜くところがあったが、島村は固い表情を崩さなかった。渡辺は以前にもそうしてくれたようにジュースを勧めてくれた。聖一は喉がからからだったのでありがたかった。島村は首を左右にふっただけだった。渡辺は島村の固い反応に苦笑いしながら本題に入った。

「それでや。校長先生のいわれたことについて、まず君らの意見を聞かしてくれるか」

「先生。政治的って何ですか」

島村はつまったものを吐きだすようにたずねた。

「それはな。人それぞれに自分の立場や考え方、利害というものがあって、それが対立した時はどうする」

島村はたずねかえされて考えこんだ。

島村は渡辺の問いにおずおずと答えた。

「話し、合いを、する」

「辻はどうや」

「裁判に、かける」

聖一は答えながらその内容に実感はなかった。

「うん。まあ君らがいうようにいろいろやり方はある。そやけど、その立場や考え方がもっと大きな社会的範囲に及ぶ対立をはらんでいるとしたらどうする」

　渡辺の次の質問には二人とも頭を垂れてしまった。

「原水爆の問題はソ連やアメリカの鋭い対立点になっとるのは、君らも高校生やからわかるやろ」

　島村はここまで説かれると、こっくりとうなずいた。聖一にもぼんやりと見えてきた。

　渡辺は原水爆禁止をめぐる問題についてふれた。

「核実験をめぐってはいろんな意見がある」

　渡辺がそういうと、「そやから原水禁運動も分裂したんですね」島村が間髪を入れなかった。

「ちょっと、それは問題の性質が違うんやが」

　渡辺はこれにはことばを濁すところがあった。

「政治的というのは、社会的な利害対立や思想的対立を意味しているところがあるんや。そやから校長先生が神経質になりはるのもわからんでもない」

「原水爆って人類にとって絶対に悪でしょう。それを利害や思想の問題にするのはおかしいと思います」

　島村が抗議するようにいった。

「それは島村のいう通りやが」

　渡辺は島村の食い下がりにゆっくりとかえした。

「そうや。私もそう思っとる。ただなあ、島村がいったように原水禁運動が分裂とか世間で騒がれている折や、神経質になっとる校長先生なんかを刺激しすぎんように、工夫する必要はあると思っとる。先生も知恵だすから一緒に考えてみんか」

　聖一は渡辺が精いっぱい生徒の意志を生かそうとしてくれていることを感じていった。

「僕らもちょっと考えてみます」

聖一のことばに島村はきついまなざしを向けて来たが、何もいわなかった。

「よし。私も他の先生とも相談してよく考えよう」

渡辺はそういうなり櫛目《くしめ》の入った髪をかきむしり、すっきりした顔つきになった。そのようすに聖一も何となくせいせいするものがあった。だが島村は腕組みして、床面をきつくにらんでいた。


二日後、登校して教室に入るとクラス員が黒山みたいにかたまっていた。中心に島村がいた。聖一が近づくと、何人かが身を退いた。

「ああ、辻。これ」

島村は座ったまま聖一を見あげ、一枚の紙を差しだした。聖一が手にとると、藁《わら》半紙にガリ版刷りでゴシック文字の見出しが目に入った。

表題として『声明書』と記され、続いて仮装行列問題についての意見表明が印刷されていた。

『声明書』は冒頭に「二年五組第一班の体育祭の仮装行列への取り組みをめぐって、学校当局の対応について訴えます。このたびの私たちの取り組みは純粋に人類悪の原水爆の問題への意見表明として」という文言が並び、続いて「学校当局の自由なる生徒の発想、活動を抑圧しようとする姿勢を問う」といった内容で、文書の最後にはK高校生徒自治会長神原一郎の名が記されてあった。

『声明書』を読み終えて島村の顔を見ると、紅潮して瞳がきらきらとしていた。聖一はその内容以上に、二日しか経っていないのに生徒の総意みたいな形で発表されていることにショックを受けた。

「あの日、すぐに神原に話したんや。そしたら、これは皆で考える問題や、というてくれて、すぐに生徒会の役員で校長先生や教頭先生に会ってくれてな。あくる日にはガリ版きって印刷してくれたんや」

島村はほことした口ぶりで一気にしゃべった。聖一は間髪を入れない神原の行動力に驚嘆させられると同時に、とまどいも大きかった。聖一にとっては校長との面談は仮装をめぐるささやかな行動でしかなかった。自分たちの企画に文句をつけるなら、納得できる説明がほしかっただけだった。それにまだ校長からの最終的な意見は聞いていなかったし、渡辺が調整してくれることも期待していた。

聖一の今の気持ちは、いきなりやりすぎや、というのが正直なところだった。島村は聖一にとっても吉報だと疑わなかったようで、聖一のうかぬ顔を怪訝そうにながめた。そのためか、再び周りの生徒に目を移してしまった。聖一はその場を離れながら高山の姿が見えないのが気になった。高山もこの件では中心人物なのだ。なのに、教頭先生につめ寄った時からこうした場から姿を消していた。高山はその日以後、授業がはじまる間一髪に教室に滑りこんで着席した。

いつもの高山なら、「おうっ」と背後から声をかけて来るのに、聖一と目もあわせようとしなかった。

聖一は、今朝の声明書といい、高山の態度といい、わけがわからなかった。くさくさして午前中の授業はまるで頭に入らなかった。

昼の休憩時間に二年八組の神原に声をかけた。

聖一は神原と親しく口を利くのははじめてだった。秀才で、スポーツマンの神原は聖一にとって縁遠く、煙たくもあった。

「あのう。先ほど読んだんやけど、声明書のことについて聞きたいんや」

聖一はおずおずとした自分にひそかに舌打ちした。

「ああ、島村から話を聞いてね。それで生徒会のメンバーに集まってもらって相談したんだよなあ」

神原は小学生まで東京育ちだったという。イントネーションが仲間に似ていた。神原は声明書をだしたいきさつをあっさりと語った。

「まずさあ。校長先生の話には、問題点が三つあるんだよなあ。第一は校則の前文にある『我がK校は自由なる精神を尊び、それに基づく創意・工夫の大いなる発揮により、社会に貢献する生徒の気風を養うことを肝要とする』。要するに、たとえ仮装行列に関わるものであっても、その前文に反する介入は校長であっても許されないこと。第二点はさあ、なぜ高校生に原水爆問題がふさわしくないかという問題。いわゆる政治的問題として高校生に関わらせないことの不当性の問題。第三点は仮装のあり方についての具体的指摘がないこと。今のままでは、全否定で君らの仮装はまた他に考えなくちゃならなくなる」

神原の言は理路整然としていた。小坂も理論家だった。夏休みのアルバイト先で知りあった京大生の本木も鋭い冷静さを感じたが、社会問題を語る時にはやはり激した所を見せた。それにくらべて、神原の主張には同調できるのだけれども、感情に訴えてこないもどかしさがあった。神原の涼やかな瞳に対していると、自分の話すことばに自信がなくなった。

「校長先生は声明書のことで何かいってなかったの」

「ああ、教頭はかんかんでさあ。あれじゃあ、タヌキじゃなくてゆでだこだよ。でもさあ、校長は一応読ませてもらいましたよ、まあ、またじっくり話しあおうってね。何か拍子抜けしちゃってさあ」

神原は笑みさえうかべながら白い歯を見せた。

聖一は神原から声明書をめぐるあらましを聞けたので、ひき揚げようと思った。だが第二の問題点、「高校生と政治活動」についての神原の見解を質《ただ》しておきたかった。神原の答えはやはり明確だった。

神原は高校生にふさわしくない政治的問題というのは、僕たちを思考停止にとどめて置くという意味で犯罪的だ、とまでいった。

「世界で唯一の広島、長崎という被爆国たる日本人としての僕たちは、高校生に限らず、あらゆる人々がそれに対する見解を明らかにする責任があると思える。それゆえにこそ、その問題に世代的、年齢的条件を付して考察及び行動に制限をくわゆるなどは社会的にも批難さるべき行為と断じたいと僕は思う」

聖一は神原の口調に演説を聴かされているようだった。神原は最後につけくわえた。

「今度の件は、高校生の政治的活動を問題にしているようで、校長先生らの狙いは渡辺先生や榊先生らにあるんじゃないのかなあと、僕には思えるんだ」

水爆マグロの扮装と校長の渡辺たちへの思惑。意味がわからなかった。それにその後の高山の態度の不審さにも心がとらわれて、頭の中がこんがらがるばかりだった。


翌日の放課後、聖一と島村は渡辺に職員室に呼ばれた。二人が入ってゆくと、渡辺はそのまま校長室にともなった。

「校長先生、二人がまいりました」

「渡辺先生、お手数をおかけしました」

校長は組んでいた脚を解き、ソファに預けていた上体をゆっくりと起こした。大柄な体のせいか尻の下できしみ音がした。

「それに君たちにも心配をかけて、返事が遅れたことは悪かったと思っています」

校長は聖一と島村にわびてから続けた。

「先日の件ですが、仮装のことは君たちの計画通りにやっていただいて結構だと思います」

校長は指を胸前で組みあわせながら告げた。聖一は校長のことばづかいが丁寧すぎるので、かえって構えてしまった。島村などは頬を紅潮させて鼻頭に汗粒を載せていた。

「ただ、ひとつだけお願いがあるのです」

校長はやはり条件をつけることを忘れなかった。

校長の申し出に、島村が唇を突きだして食い入るように顔を見つめた。聖一もいいくるめられないようにと拳をにぎり締めた。

「扮装に第五福竜丸とビキニ環礁の文字がありますね。あれを消したほうがいいと、私は思うんですよ」

校長の提案に島村が興奮してどもりぎみにいった。

「ぼ、僕は、嫌です。船名や、ビキニの文字を消したら、い、意味があらへん」

校長は島村の反応を受けて、ゆっくりと首をめぐらせて聖一に返答を求めた。

「僕は校長先生が何でそういいはるのか、まず理由を聞きたいです。そうでないと返事ができません」

聖一は自分でも冷静に受け答えしていると満足できるものがあった。昨日の神原とのやりとりのあと、僕もあんなに鋭く冷静でいられたらええのに、と強く焼きつけられたせいかも知れなかった。

「そうね。理由はね」

校長は慎重にことばを択《えら》ぶようにいった。

「この問題は生徒会の声明書にもあるように、全人類的課題であることは確かです。高校生であってもそれを考えていくことは大事なことです」

「それやったら、何もいうことないですやろ」

島村がすかさず口を挟んだ。渡辺がそっと手で制するしぐさをして、「まあ、校長先生の話を最後まで聞こう」と校長に話の先をうながした。

「ただ、核実験をめぐっては鋭く意見が対立しているのが現状です。どこの国の核実験はよくて、どこの国のは悪いという応酬もあると聞いています。そんな状況の中で、ビキニ環礁とか第五福竜丸とか特定するのは偏ってはしまいか。私は危惧するのです」

聖一はここまで聞いて、政治的という意味がようやく飲みこめた気がした。

「偏ってるっていいはるけど、アメリカの核実験でマグロも船も汚染されて、船員も死にはったのに」

島村はソファから腰をうかして声を高めた。校長は大きくうなずく姿勢をみせたが、わざとらしかった。

「君のいうようにそのことを考えたら胸が痛みます。だからこそ、軽々しく扱わない方がいいと思えるのですよ。君たちの扮装では、かえってそうした人たちを傷つけてしまわないかと、私は考えるのです。であれば、全人類的な課題として表現する方がよくないか、とこれが私の提案です」

聖一は考えこんでしまった。確かにけばけばしく原色で塗りたくった海や船にマグロの構図はマンガチックにすぎた。ニュース映画で見た犠牲者の久保山愛吉さんなどの姿が痛々しく目にうかび、粗末に扱えないとも思えた。島村もしばらく床の一点を見つめているだけだった。

「僕には、校長先生のいわはることがまだよくわかりません」

島村には軽々しく扱わない方がいいという校長の説得が効いたのか、ことばがやわらかくなった。

教頭がひきとって島村にいった。

「校長先生がおっしゃっとるのは、核廃絶の願いは全人類の悲願やから、その意思表示をもっと広く受け入れられるものにしたら、ということや」

教頭はことばをきって校長の顔をうかがった。それでも聖一と島村が要領を得ない顔をしているので、渡辺が提案した。

「たとえば、表現はノーモア・広島・長崎にするとか」

「何で第五福竜丸の船名を書いたらあかんのですか」

島村はやはり強くこだわった。

「それは、教頭先生もおっしゃったように、広くうけ入れられるようにという意味で」

渡辺は日頃になくことばが滞る口ぶりだった。

「君たち。渡辺先生もそうおっしゃってるんだから」

教頭が被せるようにいった。聖一は返答に迷った。昨日、神原がもらしたセリフが頭をよぎっていた。

「校長先生らの狙いは渡辺先生らにあるんじゃない」

聖一は神原が暗示したことばの意味を必死に考えたが、解ける糸口も見えなかった。だが今、渡辺と校長を前にしてその呼吸に直に接していると、二人の間にピンと張りつめた空気みたいなものを感じた。

聖一は意を決した。返事をする前に島村の表情を確かめた。目があった。島村は聖一をにらむような目つきをしてから、弾かれるように上体を起こした。

「僕、やりなおします」

聖一は島村の翻意に驚いた。校長や教頭は破顔になって聖一の返答を求めた。聖一も頭を下げた。

「そうですか。渡辺先生やクラス員ともよく相談していい物を考えてくださいい。楽しみにしています」

校長は両手を広げて深く息を継いだ。渡辺もそっとため息をもらしながら、「二人とも、それでええんやな」と念を押すようにいった。

教室に戻る途中、島村にたずねてみた。

「島村が突然、やり直すといいだしたんでびっくりしたで。何でそうすることに決めたんや」

「校長に教頭先生やろ。それに渡辺先生にまであいわれて、何やうるそうなってしもたんや。それに僕、話してる途中で面白いこと考えついたんや」

島村はもう吹っきれたみたいな口を利いた。聖一は割りきれない気持ちをひきずりながら、島村の新しい案を聞いた。

「ゴジラが水爆を鷲《わし》づかみしてる絵にして、原爆も水爆もあかんとゴジラにセリフを吐かせるんや」

島村は聖一の意見も聞かず、自分の思いつきを仮装行列のチームに報告するために教室に戻っていった。

聖一はその足で神原のもとに向かった。神原は新聞部と共用の生徒会室にいた。その部屋は二階校舎北側の隅にあった。扉をひくと、一瞬棒立ちになった。すぐ目の前の窓際に金城啓子が立っていて、神原と笑顔で向きあっていた。その二人の雰囲気は、以前に校庭で目撃した高山との場面以上に親密に見えた。

聖一は一時の放心状態が収まると、新聞部の部員である金城が部室にいるのは当然だと気をとりなおした。神原は聖一の来訪に、「じゃあ、その件はそれでたのむよ」と金城に告げて聖一の方に向きなおった。金城は神原に小声で話しかけてから部屋をでて行った。金城はすれ違う時、会釈して白い歯を見せてくれた。聖一はそれだけでその部屋を訪ねたことに満足した。

「どう、何か進展があった？」

聖一がのぼせて突っ立っていると神原から声をかけて来た。聖一は金城が廊下を去って行く後姿を目で追いながら、校長とのやりとりを報告した。

「そっか。あの校長先生がよく承知してくれたよなあ。がんばったね」

神原は感嘆の声を上げた。

「いくつか条件はつけられてしもたけどなあ」

「あのさあ。あの校長は生徒にも丁寧な物言いをするんだけどさあ。いいだしたら絶対にひかないんだよなあ。おやじも校長と話しあう機会があって、ことばはやわらかいけれど、頑固だといってたよ」

神原は弁護士の父親から聞いた話も交えた。聖一は神原が校長の人物評に続けてつけくわえたことばに、思わず耳をそば立てた。

聖一は神原が告げてくれたことで、小坂が三人の先生を「三羽鴉《がらす》」、高山が「組合三人トリオ」といった意味を今、インパクトをもって受けとめた。

「まあ、校長先生らが基本的に辻らのやり方を認めたのは、やっぱり渡辺先生や榊先生、それに仲間先生らの申し入れが効いたからだよなあ。僕らが声明書をだすにあたっては、真っ先に渡辺先生らに相談したんだよなあ。そしたら君らは思う所を大いに主張したらいいといって、そのあと、三人で校長先生に申し入れしてくれてさあ。まあ、三人とも戦争に関わる話になったら目の色をかえるからさあ。とくに仲間先生の迫力といったら、猛烈にまくし立てるんだからね。肝っ玉先生そのものなんだよなあ。きっと校長先生もたじたじだったと思うよ」

神原は愉快そうに真っ白な歯をのぞかせた。聖一は神原と話していると、渡辺たちと意志が通じているものを感じた。それに気づくと、ふと耳にしたことが頭にうかんだ。神原はある青年組織に加盟していて、渡辺らもそれに関わりがあるといううわさだった。神原の父親は弁護士であり、日常的に政党の旗を立てて駅頭で演説し、零細商工業者の組織化のために活動している。その父親と交流があるともいう。聖一は小坂の兄のことも思いだした。彼も神原弁護士の事務所に出入りし、京都大学で神原の息子と同じ青年組織にくわわって、学生自治会で活動しているとも小坂が教えてくれた。

聖一は自分の知らない所でいろんな人がひとつの思いで結びついているのだな、というささやかな実感があった。

神原と別れたあと、保健室に向かった。保健室では白衣姿の仲間が机に向かっていた。聖一が入室しても集中しているのか、しばらく気がつかなかった。聖一が足音を忍ばせて背後からのぞきこむと、ガリ版の原紙に鉄筆で文字を刻んでいた。定規でひいたような文字で、ゴシック体の表題には『大阪高教組K高校分会ニュース』と記されていた。

ちいさな見だしには《池田内閣の大阪府下の教育行政について》とか《沖縄祖国復帰運動への連帯を訴える》などとあったが、《K高校体育祭の仮装行列をめぐって》の記事がかなりのスペースを占めているのが見てとれた。聖一が内容を読みとれるまで傍らに立っても、仲間はただ蝋紙《ろうがみ》をにらんでいた。

聖一が仲間の組合ニュース作成の邪魔をしないように黙って退出しかけると、「ああ、辻君か。全然気がつかなかったなあ」。仲間は大きくのびをした。

「忙しいのに、すみません。また来ます」

聖一が遠慮がちにいうと、「いいんだよう。私はひとつに集中したら周りの音が聞こえなくなっちゃってね。これ、私の困った所なんだなあ」。仲間は自分の頭を叩く真似をした。

「よっしゃ。コーヒーでも飲んで一服するわ」

仲間は聖一の返事も待たず湯を沸かしはじめた。聖一はまず礼をいった。

「先生、仮装行列の扮装のこと、校長先生に話してくれはったそうで、ありがとうございました」

「ああ、あれはさあ」

仲間はコーヒーカップを聖一に渡しながら答えた。

「校長先生だからってあんな口だしはねえ」

仲間は人差し指を立て、体を前後にゆさぶった。とくに、原水爆禁止に関わる問題にふれると、コーヒーカップを机にぶつけるようにおいた。聖一は荒井の焼き肉店で、仲間が「分裂」がどうのと叫んでいたのを思いだした。この調子だと、神原がいったように校長先生も確かにたじたじとなったかも知れないな、とおかしくもあった。聖一は仲間の主張を聞いて、途中ではっとさせられた。仲間は校長の狙いを明確に口にしたのだ。

「まあ、今回の騒動はさあ、本当は君たちの問題じゃなくて、私に渡辺先生、それに榊先生にあってさあ」

仲間は片目をつぶって見せた。きゅっと持ちあがった濃い眉尻に、大きくえぐれたようなえくぼでいたずらっぽい顔つきになった。聖一の目には、仲間のテンポのよい口調にくわえて、いきいきと動く黒目がちな瞳に小麦色の肌が情熱的に映った。

「私たち三人は原水爆禁止の署名を職員だけでなく父兄の間で集めたり、デモやストライキに参加するから目障りなんだよなあ。何か理由をみつけて問題にすることを狙っていたんだよ。そこへ君たちの仮装行列の扮装のことが持ちあがったんだなあ」

聖一にも騒動の本質が鮮明な輪郭を帯びて来た。

「何しろ君たちの扮装はさあ、第五福竜丸にビキニ環礁だろう。これってアメリカの水爆実験の象徴なんだよなあ。君、これってどういう意味かわかる」

聖一はいきなりたずねられて首をふった。

仲間はずばりいいきった。

「これって国策に反する反米という意味。要するにあの扮装は反米的で、渡辺先生や私たちが君たちをそそのかして政治的活動にあおったとして、あわよくば、K高校から追放する。そんな筋書きのようだったんだなあ」

「でも、校長先生は結局、オーケーだしはりましたね」

聖一は神原から容易にひかない校長の性格を耳にしていたので、承認したわけを知りたかった。

「そこは渡辺先生に榊先生なんだなあ。どうも私は南方系ですぐのぼせちゃって熱くなるんだよ」

仲間は自嘲めいてことばを継いだ。

「校長先生はね、原水爆の問題を高校生に扱わせるのは政治的にすぎてふさわしくないと、断固とした態度だったのよ。それをさあ。渡辺先生は人類的克服課題を考えることは、これから社会人として旅立つK高校生にとっては大変大事なことで、それを政治的だ、とふたをしてしまうことは教育的観点からもマイナスだと思います、といってね」

仲間は一呼吸置いて、「あの時の渡辺先生、かっこよかったなあ」と瞳を大きく見開いた。

仲間は校長との交渉経過を続けて話してくれた。

「でもさあ。廃絶すべき普遍的悪は認める校長も譲らなくて、とうとう口にしたんだなあ。先生方があくまで生徒たちの行動を放任されるとおっしゃるなら、教育委員会にまで話が行くことになりますよってねえ。これって脅迫だよ」

仲間は憤慨を飲みこむように残ったコーヒーを喉奥に流しこんだ。その膠着《こうちやく》状態がどうして打開できたのか、聖一は早く先が聞きたかった。

「しばらく険悪になったんだけど、榊先生が生徒たちの考えたことを尊重して一工夫させて見ませんか、と提案されてね。校長先生もうなずいたのよ」

聖一は、榊の反《そ》っ歯《ぱ》でいつも笑顔をうかべている飄々《ひようひよう》とした口ぶりがその場をなごませたのではないか、と想像できた。榊先生の提案は、どこかの国を連想させる第五福竜丸やビキニがどうのという文字を消して、原水爆問題を普遍的に訴える図にしたらどうか、というものだったという。

「榊先生は反米臭を消すことで、校長が一番にきらっていた点を解消したのよ」

聖一にもようやくのみこめた。

仲間は校長との話しあいの経過を伝えてから、「君たちには妥協の産物みたいで不満だろうけど、まあこれが私たちにできるぎりぎりの所だったのよ」といった。聖一は不満どころか、こんなにまで僕らの立場に立って考えてくれる先生たちがいることを島村にも伝えなければ、と思った。島村は扮装をゴジラの図案にかえるとして吹っきれたようすを見せていた。一方、この件についての高山のかわりようの原因については一刻も早く確かめたかった。そうした思いで沈みがちに見えたのか、仲間がコーヒーのお代りを勧めてくれた。聖一は二杯目のコーヒーに口をつけながら、ふとつぶやくようにいった。

「扮装のことだけで、ややこしゅうなってしまって」

仲間も何か思いめぐらせているようだった。校長先生のいった学校当局、教育委員会。先生たちの組合。生徒会の神原たちの動き。雪だるま式に話が大きくなっていった。

——僕がこれからでていく社会ってこんなにこんがらがっていくもんなんかなあ——

そう考えると、今までただの風景みたいにながめて来た場面が、自分に関わる意味のあるものとして思いだされて来た。中学生の頃だったか、天王寺駅で鉄道員同士で揉みあっているのを目撃したことがあった。怒鳴りあいも聞こえてきた。電車には「スト権スト貫徹」などの幕が掲げられていた。聖一はそうした場面に遭遇して、何で駅員同士で喧嘩をせなあかんのやろ、と不思議だった。それに国会を囲んでデモしたり、国会内でも議員がとっくみあいに似たことをしているのを見るにつけ、大人の世界のわけのわからなさを感じさせられた。聖一にとっての大問題は、胸の内にある混沌としたものとどう向きあっていくかということだった。だが今回のことで、案外、僕のいら立ちは世の中のごちゃごちゃが影響しているのかもしれない、という思いが忍びこんできた。

——僕は自分ひとりで生きて、自分だけ悩みを抱えていると思っていたけれど、世間の人におやじやおふくろ、それに兄貴らも毎日、仕事や隣近所のつきあいのごじゃごじゃに悩まされ、僕の我がままにもつきおうてくれている。僕もそのごじゃごじゃから逃げんと、まっすぐ考えていかなあかん。僕はもう子どもと違うんやから——

聖一はしみじみとそのことをかみしめた。

聖一はもう一度、仲間に感謝の気持ちを表した。

「あらたまっちゃってさあ。どうしたのさあ」

仲間は冗談めかしたが、「君たちがいうべきことをはっきりと主張したので、私たち教師もきっちり校長先生に申し入れすることにもなったんだよなあ」

仲間が聖一たちの行動を評価した。

「僕は教頭先生の文句に我慢がならなくて、つい校長室に押しかけただけです。僕なんか島村と違って核実験のこと、何もわかってないのに恥ずかしいです」

「君はねえ。いつも僕なんか、というい方をして、自分を卑下するんだなあ。それって謙虚なようで、私からいえばいやらしいんだよなあ」

　聖一はパンチを食らった気がした。

「あのねえ。君は私と話していて大変素直なんだよなあ。それに頭がよくて、実に繊細な神経の持ち主だと、私には思えるんだ。何よりも今回のことで、君の正義感も証明されたしさあ」

　仲間は先ほどのことばを訂正するように、聖一にとって身にあまることばを与えてくれた。だが、仲間は再び辛辣につけくわえた。

「君の謙虚に見える態度は傲慢さでもあってね。いつも僕なんかといいながら、頑なに本心を明かさないというかさあ。君からそのことばを聞くとさあ、こいつ、ずるいなあ、と思っちゃってさあ」

　聖一は仲間にとどめを刺された思いだった。

「ごめん。好きなこといって。でも、私は君みたいに何事にもひたむきで、一生けんめいな生徒が好きでね。君ならきっとわかってくれると思うんだなあ。渡辺先生いってたなあ。辻は数字を見たら頭が痛くなるとか、生きる意味がわからない、とぼんやりする所があるが、あの年代で一番考えなければならない問題を考えている所が偉いと思う。あんなやつが勉強の意味を心から納得できたらものすごくのびるんやがなあ、というのよ。君は期待されているんだよ」

　仲間はそういって顔をほころばせた。聖一は、三人の先生の行動への感激とは違った底深い励ましを受けとった。うれしくて泣き笑いの顔を見せた。仲間はそれを目にして大きなえくぼを作った。聖一はそれに誘われてふとたずねてみた。

「君ねえ。何を聞くのかと思ったらさあ」

軽くなじるようにいってから、あっさりと答えた。

仲間は聖一のぶしつけな質問に、「これが困ったことに、いい人がいないのよねえ」と首をすくめた。

「いい男の人は皆、戦争で亡くなっちゃってさあ。これはと思う人は所帯持ちでさあ。まあ、これだけは縁のもんだからなあ」

「先生の好きな人、特攻隊で逝ってしもたんですね」

聖一は以前に小坂から耳にしていたことを口にした。仲間は一瞬、目をしばたたかせ視線を宙に泳がせたが、すぐに笑顔をとり戻した。

「好きったってねえ。私はまだ十五歳の女学生でさあ。一方的に熱をあげていただけさ。彼は野球選手でね。真っ黒な顔に歯の白さが焼きついているなあ」

さすがに最後のことばはくぐもっていた。

「まあ、その人を超える人がでてこないんだよなあ」

仲間はこの話はこれで打ちきりというように両手を広げ、大きな吐息をもらした。

「戦争で先生みたいな人がたくさんいたんですね」

聖一も深く息をついた。

「私なんかより、もっと辛くて、悲惨な目にあっている人がいるのよ。戦争なんか絶対だめ」

仲間はこの時だけは濃い眉をきつく寄せた。拳を胸前で強くふったので、豊かな胸元や腰回りの肉がゆさぶられて全身で訴えて来るものがあった。聖一は仲間の思いを受けとめた印に大きくうなずいた。

「君は生きることに意味があるのかっていったそうだけど、生きたくても、死ぬことを強いられた青春があったことを考えてほしいんだ。沖縄では『命《ぬち》どぅ宝』っていうんだから。もっと自分を大切にさあ。先生のいいたいことはそれだけ」

仲間のまぶたが濡れていると思った。聖一は全身で問いかけられた気がした。

高山があいかわらず聖一を避けていた。仮装行列の一件がきっかけだったが、理由がわからず思いあぐねるばかりだった。

日曜日に小坂から電話があった。

「ちょっと話があるんじゃ。桃谷駅前の例の店で待っとるからこれんかのう」

いつもの店で落ちあう時はほとんどが高山の誘いによった。小坂から直接声がかかることはめったになかった。小坂は細長い店の一番奥の席でタバコをくゆらせていた。

聖一が小坂の前に座ってもしばらく黙ったままだった。小坂はひとしきりタバコをふかしてからつぶやくようにいった。

「高山のことやけどのう」

聖一はやはりという思いがした。

「あいつなあ、お前に謝りたいんやけど、話しにくうて、というてな。あいつらしゅうないんじゃ。そやけど、あいつの事情考えたらわからんでものうて、わしから辻にまず話しといたほうがええと思てな」

小坂はタバコを灰皿ににじりつぶしてまっすぐに顔をあげた。聖一は小坂の話を聞きながら、事情があるといっても直接いってくれればいいのに、と高山の水臭さをちょっぴり恨み、また自分はその程度の友だちだったのかと落胆するものがあった。だが、高山の抱えるものを小坂から聞かされるにつれ、ずんと胸を衝《つ》かれるものが重なった。

「高山なあ。仮装行列の準備で先頭切ってやっとったのに、途中から抜けてしもて皆に顔をあわされへん。とくに辻と島村を裏切ってしもて、わいどうしたらええのかわからんいうて、相談があってのう」

小坂は聖一を呼びだしたいきさつにまずふれてから、本題に入った。

「高山がいうとったけど、最初、教頭先生が文句いった時はいいかえしてたが、誰かが教頭先生を押すか、殴ったりしたそうや」

聖一は皆が教頭につめ寄ったのを思いだした。あの時、教頭は「何するんや」と血相をかえて叫んだ。

高山はその瞬間から後方に退《さが》り、やがて姿を消した。小坂は「高山らにはああいうことになるんはまずいんや」と高山の抱える問題について語った。

「高山は皆が教頭につめ寄った時、暴力行為が問題になったら、真っ先に自分のせいにされると思ったそうや。ちいさい頃から朝鮮といわれて、悪いことはわいらのせいにされて来たんや、ともいうとった」

聖一は高山の受けて来た仕打ちを知って、中学時代の親友、古川孝二から聞いた出来事を思いだした。

在日グループと日本人不良グループが対立していた。衝突が起こるたびに〝鬼熊〟こと体育教師の大山が事情も聞かずに、在日のリーダー格の生徒に「またお前らか」と浴びせた。聖一はその記憶をよみがえらせ、自分はあまりにも高山の立場を、その気持ちをわかっていなかった、と唇をかむものがあった。

高山には五人の弟妹がおり、卒業したら家業を継いで一家を養っていかなければならなかった。中学卒業と同時に家業を継ぐつもりだったが、母親が「高校だけはでておけ」とむりにでも進学させてくれた。たとえ疑いであっても暴力事件などで停学や退学処分にでもなったら、母親にあわす顔がないととっさに反応してしまった。それに今、世間を騒がしている原水爆禁止運動などとも関わって、騒ぎが大きくなったらややこしいことになるとびびったという。

聖一はそこまで聞いて、高山たちをとり巻く事情が飲みこめて来たが、高山が怯《ひる》んだ気持ちはまだ理解できなかった。聖一はその点についてたずねた。

「高山らはのう、外国人登録をせなあかんでのう。その時、指を真っ黒にして紙に押しつけるんやというとった。それも一回で済むんやなしに、何年か経つとくりかえし申請せなあかんそうや。それをせんかったら豚箱に放りこまれて、罰金までとられるとかいうとった。それにその登録書をいつも持ってなあかんし、不携帯やったらこれも罰則があるともいうてのう。それってやな、車の免許証の不携帯以上にきつい罰則があるそうじゃ」

小坂は高山ら在日二世が負わされた義務について語る時、髪をわしづかみにし、めずらしく頬を染めた。聖一は、何でそんなことを強制されなあかんねん、と思わずテーブルを拳で打った。

「それが高山らを縛っとる法律なんじゃ。それにあいつの国は二つに分裂しとるからよけいにややこしいことになるらしい。そやから、あいつがこんどの揉め事を避けたんはわしにはようわかるんじゃ」

聖一はここでも〝分裂〟ということばに出合った。仮装行列の扮装で原水爆禁止運動の〝分裂〟騒動が関わってきて、それにくわえて高山の国の〝分裂〟も僕らのやることに絡んできている。聖一は大人の社会がこんなにも自分たちの行動に枠をはめ、不自由にするものなのか、と癇癖《かんぺき》な声をあげた。

「ああ、窮屈やなあ。こんな社会、嫌やなあ」

「高山らは、わしらが思てる以上に、在日やいうだけでいろんなことで肩身のせまい生活をしとる。わしらには何でもないことが、あいつらにとってはすぐに問題になりよるんじゃ。そこの所を頭に置いてつきあってていってやらな。わしはそう思とるんじゃ」

小坂は深く熱い息をもらした。

聖一は高山の気持ちを汲めなかった自分が情けなかった。そのことをかみしめていると、小坂が告げた。

「あいつもそろそろ来る頃じゃ」

高山が店に入ってきた。いつもの高山は肩をゆすり、胸を反らした姿勢で歩く。そのため態度が大きく映った。なのに今日は背を丸め、歩幅がちいさかった。

「三人揃うのは久しぶりやのう」

小坂が間をとり持つようにいうと、高山はその呼吸を逃がさず頭を垂れた。

「すまんかったなあ。お前らだけに嫌な思いさせて」

「僕こそ、何も知らんと、悪かったと思ってるんや」

聖一は声が震えるのを覚えた。

「わい、面白がってやってたのに、皆が教頭にわっと行きよると、これはまずいと足がとまってしもてな」

高山はあらためてその折の心境を述べた。

「うん。小坂からいろいろ聞いたからわかってる」

聖一は声に力をこめて大きくうなずいた。

「まあ、そういうことや。島村にも謝るつもりや」

高山はいつもの磊落《らいらく》さをとり戻すような口調になった。聖一も気持ちの負担が軽くなり、小坂から聞いたことで気になった点を口にした。

「高山は外国人登録を」

とたんに小坂が話を逸らした。

「お前、顔見ん間、何やっとったんじゃ」

高山の機微に鋭く触れることはもうすこし時間を経てからのことだ。小坂はそういいたかったのだ。

「家業の手伝いにやな、虫の世話で結構大変なんや」

高山はトーンを高めていいかえした。高山は小坂が虫博士と評するほど昆虫好きだった。

「そうか。お前には虫の恋人がたくさんおるしのう」

小坂も漫才の相方みたいな調子でかえした。二人の呼吸にはますますテンポがくわわった。そのやりとりには、聖一などには及びもつかない深い友情がこもっているのを感じた。聖一は嫉妬《しっと》を覚えた。聖一にはまだ高山に対してぎこちなさがあった。高山はそれを察してか、突然、話題を変えた。

「そや、この間、吉永小百合の映画を観て来てな」

「小百合ちゃんか。あの瞳がたまらんのう」

小坂が手放しで応じた。

第十章　義姉と母

高山は「確かに、小百合ちゃんは可愛いけど、わいはやっぱり高峰秀子や。小百合ちゃんはまだ子どもやで」とかきまぜた。

「またお前の年増好きがはじまった。あの小百合ちゃんの清純さがわからんのかのう」

小坂も負けてはいなかった。小坂と高山はファンの女優の魅力くらべの応酬をした。聖一は二人が精いっぱい自分の気持ちを思いやってくれていることを強く感じた。


I高校との秋の定期対抗試合が開かれた。毎年の催しで、今年の会場はK高校だった。試合は学年対抗と選抜メンバーによる形式で行われた。試合前に荒井が顔を見せた。荒井は全員にアドバイスを与えた。

「辻。お前の武器は背負い投げや。いつものタイミングでがんばれ。小内刈りや足払いで相手を崩してひきつけるほうが効果があるぞ」

荒井は足運びや襟首のつかみ具合、ひきつけのタイミングを実践してくれた。荒井の足先に注意をこらしていると、一瞬に襟首と袖口が剛力で固められたようなひき絞りがあり、聖一の体は一回転していった。道場に乾いた受け身の音が小気味よく響いた。周りの部員はもちろん、相手メンバーもその鮮やかさに目をみはった。聖一は荒井に投げられた背中の衝撃で、タイヤの空気が噴出するように緊張が吹っ飛んだ。聖一は、荒井が技のことより気持ちを解きほぐすためにそうしてくれたのだと、気づかされた。

「気合い負けしたら勝てんぞ。普段自分が稽古でやってきたことを信じたらんかい。お前の根性を見せたるんや」

聖一は荒井の檄で下腹に力をこめた。いつも自信のない自分。でも柔道だけは一生けんめいやって来た。そのことを信じようと思った。

学年対抗の相手は上背があり、体格で力負けするものを感じた。荒井はそれを見越したように「あいつは柄がでっかいだけや」とぴしりといった。

「あいつの打ちこみを見とると力に頼っとる。体も硬そうや。背が高いから絶対奥襟をつかみに来よるはずや。そやから足を使うんや。小内刈りなんかでのけぞらしたら、必ず力まかせに押しかえしてくるはずや。そこを狙って思い切りひきつけて潜りこむ」

聖一は荒井の伝授を必死にイメージした。

学年対抗は一年生が敗退した。二年生は互角の情勢で聖一の番になった。聖一は自分の勝敗が試合結果を大きく左右することでのぼせてしまった。試合開始と同時に、相手は体の大きさに頼んでのしかかる姿勢で奥襟をつかみに来た。聖一は左首筋から肩をがっちりと固められた。聖一は身動きがとれない中で、相手がそれ以上積極的に攻撃してこないことに気づいた。

――こいつ、力は強いけど、案外、技はないやつや――

聖一は荒井の助言を思いだして足払いを掛けてみた。相手は踏ん張った。その時、聖一の腕に伝わってきたのは体の硬さだった。腕や脚の関節にしなやかさがなく、きしんでいるようでもあった。聖一は失敗すれば背中から押し潰されるかも知れない危険はあったが、荒井の伝授を全力で試してみようと思った。小内刈りで相手の足を掬《すく》いにいった。相手は全体重で押しかえし、覆いかぶさって来る体勢になった。聖一は一瞬、背を丸め右肩から相手の懐に飛びこんだ。渾身の力で襟首を巻きこみ、袖口をひき絞って体を回転させた。

「一本っ」

審判の声が聞こえた。聖一の目の下で仰臥《ぎようが》した相手はただ目を見開いていた。控えの位置に戻ると、荒井がガッツポーズで迎えてくれた。

「辻はやったらできるんや」

渡辺や仲間先生のことばがほこほことよみがえって来た。それに、「俺は一生けんめいにやるやつが好きや」といってくれた荒井のそれもくわわった。

涙がにじんで来た。学年対抗試合は結局、二年生組が勝ち、三年生組も一年生組と同じく敗退した。

選抜メンバー戦になった。高山と小坂が通路側に立っていた。目があうと、高山が口元に手でメガホンを作って、がんばれ、といっているのがわかった。小坂はあごを持ちあげるような姿勢で、唇を突きだしてつまらなさそうに見えた。柔道なんかに興味はないけれど、辻が選手ででているからここにいる、といわんばかりの表情だった。聖一はそれでも二人の応援に励まされた。何よりも二人の目の前で背負い投げを決められたのだから胸が張れた。この時、ふと金城啓子が見ていてくれたら、とよけいなことまで考えた。

聖一は選抜メンバーでは補欠だった。だが急きょ捻挫したメンバーの代わりを務めることになった。

選抜とあって、相手メンバーは見るからに猛者《もさ》が揃っていた。その中にあってとくに丸々と肉づきがよく、ずんぐりとした体形の選手がいた。

「あれが中田か。二年生やのに大阪大会で準優勝したことがあるんや。あいつの内股《うちまた》は凄いらしいで」

誰かがつぶやいたが、聖一が対戦することになった。

中田の体の感触は意外にふんわりとしていた。だが、足に根が生えたような重量感があった。聖一は腰をひき、腕から伝わってくる動きに勘を澄ました。中田はしきりに足払いをかけ、聖一の上体を起こしにかかってゆさぶってきた。

聖一は中田がわずかに体重を左右に移しかえた間あいに、小内刈りから背負い投げを試みた。だが、屈んだ姿勢のまま簡単にねじふせられてしまった。中田の腕の力や脚の強靭さにくわえて、尻の筋肉などは象のような量感があった。

握力が弱って来た。壁みたいな相手にどうしていいのかわからなくなった。息が上がり、とにかくひきつけられないようにするだけで精いっぱいだった。腕を突っ張り、体を斜めにするばかりで逃げまわっている構えになってしまい、審判から注意をうながされた。

がんばれ、と己に向かって叫びながら、無我夢中で相手の懐に潜りこもうとした時だった。ふわりと限りなく己の体が軽くなった。何の抵抗感もなかった。体が回転して相手にのしかかられてはじめて息のつまる衝撃と出合った。

頭の中が伽藍《がらん》になったみたいで鳴り渡るものがあった。聖一はしばらく畳で仰向けになっていた。審判にうながされるまでそうしていた。

立ちあがると不思議な気分を味わった。結果はどうあれ、やりきったという思いがあった。臆することなく、全力でぶつかった爽やかさだった。柔道着の乱れを整え礼をして引き退《さが》ると、意外に荒井が力をこめて評してくれた。

「よっしゃ。辻、ようがんばった。あいつはいずれ国体にも出場するかもしれんやつや。お前はそいつを相手に思いっきりやったんや。試合には負けたが、気あいでは勝っとったぞ。これからも、どんな相手にでも今みたいに必死にやるんや」

聖一は荒井の精神をあらためて心に叩きこんだ。

対抗試合はI高校の勝利に終わった。

数日後、高山と小坂が試合の感想を述べた。

「お前、あの中田とかいうやつとの試合な。キリギリスとゴリラの試合みたいで、心配したで」

「わしは人を畳に叩きつけるような野蛮なスポーツは好かんが、お前の姿見てたら、何や切のうてのう」

小坂は聖一の顔をつくづくとながめてもらした。

「お前が大きな選手に必死に食らいついていくのを見とるとのう。勝負を抜きにして、自分と闘っとる姿に見えてのう」

小坂はそこでことばを途切らせてから続けた。

「そうじゃのう。柔道そのものが目的やのうて、求道的というのか。相手とではのうて、自分と闘うのが目的というか。辻の口ぐせの人生的問いをたまたま柔道を借りて追究しとる。そこに切なさというか、一途さを感じて、ジーンとくるもんがあったんじゃ」

「そうか。そういえば辻はくそまじめで、思いつめたところがあるからなあ」

いつもなら茶化した物言いをするのに、高山も同調した。聖一は二人にそういわれて面《おも》はゆかったが、自分の本当の気持ちを言いあてられてうれしかった。

「中田は凄かったが、辻は技をかけまくってほんまがんばったで。あんなファイトのある辻を見るのははじめてじゃ。勝負に負けて自分に勝ったのう」

小坂の感想に、「わいもそう思うわ」と高山が聖一の肩をどやしつけた。聖一は二人のことばで、本当の勝利を得た気がした。

日曜日の夕刻、寺田町駅改札口から国道にでると、雑踏の中から演説口調の男の声が伝わってきた。その方向に目をやると、高架線沿いの道路脇でメガホンを手にしている男がいた。傍らの自転車には幟《のぼり》が立ててあった。聖一の目には最初、かわったおっさんがいるものやと、町中の一風景にしか映っていなかった。近づいて見ると真っ白なタスキに黒々と神原茂男と染め抜いたタスキをかけていた。聖一はやっと気がついた。

――これが神原一郎のおやじさんか――

間近で見ると角ばった顔や高い鼻梁《びりよう》が息子とそっくりで、背も高くがっしりとした体格だった。何よりもどんぐり眼《まなこ》に力があったし、日焼けした肌も精力的な印象を与えた。訴え方もひと言ひとこと語尾に力をこめて発した。

駅前でひとり大声をだす神原は物好きにしか見えなかった。ほとんどが知らんふりをして通りすぎていった。聖一は、弁護士なら裁判所で訴えたらええのに、何でこんな所で話しとるんや、とつぶやきながらもしばらく耳をかたむけた。

「池田首相はかつて貧乏人は麦を食えといい放ち、所得倍増計画といいながら、大企業が肥え太り、中小零細企業は困窮の極みであります。こんな庶民をないがしろにする政権はただちに辞任すべきです」

　聖一にはやはり内容はよくわからなかった。だが、訴えるにつれて身ぶりを交え、うなるような声の迫力につりこまれるところがあった。誰も見向きもしない中で、敢然と己の信じる所を訴える。断固とした意志。僕にもこんな情熱と信念がほしい。胸奥がひき絞られるような切望だった。

　小坂の京大生の兄貴や、仲間先生に渡辺先生らもつきあいがあるといっていたことも思いだした。僕もこんな人にじっくりと話を聞いてみたい。聖一は神原に頼んで一度、おやじさんの弁護士事務所を訪ねたいと思った。聖一は結局、神原が訴えを終わり、幟をたたんで自転車に跨《また》がって去って行くまで駅前にたたずんでいた。やがて国道を渡ろうとして信号待ちをしていた時だった。背後から声を掛けられた。

「聖一、さん。やね」

　ふりかえると小柄な女性が笑みを溜めていた。聖一が怪訝な目でうなずくと、「うちのこと、わからへんやろねえ」自分を指さしてたずねた。

　聖一はしばらく記憶を探っていたが、やはり思いあたらなかった。女性は唇の両端をつり上げるようにして上目遣いをし、「そやね、耕一さんと一緒に歩いている時、一度会っただけやもんね。それもすれ違っただけやった。耕一さん、あとで、あれ弟の聖一やというだけで、紹介もしてくれへんかった」とちょっぴり恨みをこめた口ぶりでいった。

　聖一はやっと納得した。聖一はその折のことを覚えていた。だが、その時の女性は化粧が濃く、体全体が丸々としていた印象があった。たった今の目の前の人はなで肩で、腕や腰周りがふっくらしていて頬も豊かだったが、当時ほどの豊満さはなかった。

　聖一は女性を一瞥したのは中学時代だったと思いだした。

聖一がその女性とすれ違ったのは、兄の耕一が「女を孕《はら》ませた、同棲するから金をだしてくれ」と、清次郎と大喧嘩した頃だから、中学三年生の頃だったと思う。そういえば、腰まわりがずいぶん太かったから、きっと妊娠していたのだと思う。それにしても、母親の初江から聞かされてきたイメージとは違ったので、すこしとまどうものがあった。初江は、「どこの馬の骨かわからん水商売の女になんかによりによって。口紅や白粉《おしろい》塗りたくって、派手な服着て男の気をひく女なんか。耕一は騙されてるんや」の一点張りだった。父親の清次郎は黙っていたが、もちろん賛成はしていなかった。

悪評しか耳にしていなかった聖一だったが、目の前の人は想像していた印象とは違って、地味な雰囲気だった。着ている服は、十月半ばだというのに木綿地のシャツでスカートもくたびれていた。化粧っ気もなかった。そのせいか、全体的にくすんだ感じがするはずなのに、すべすべとした白い肌に、艶のある黒々とした髪がそれを救っていた。聖一は素のままの義姉に印象をよくした。何よりもちいさく形のよい鼻や額の丸みがよかった。意外だったのは何となく初江に似ている所があることだった。小柄で、堅肥りの弾むような体つきや濃い眉がそれだった。

違ったところは、おふくろは浅黒い肌だったが、彼女は透き通るような肌に胸元が豊かだった。義姉は聖一のあご下あたりの背丈だったが、不釣りあいなまでに乳房が盛りあがっていた。聖一はそこに目をとめてしまってあわてて逸らした。

――兄貴のタイプってこんな人やったんかなあ。前は、「俺は背の高いすらりとした女がええ」というてたのに。そやけど、「おっぱいは大きいほうがええ」ともいうてたから、その点は合格や――

聖一は兄のセリフを思いだして恥ずかしくなった。

「ちょっと、そこら辺で話して行かへん」

義姉が誘った。聖一が腕時計を確かめると、「忙しかったらええねん。うちは耕ちゃんが残業やし、子どもはおばさんが見てくれてるからええんよ」。義姉は遠慮がちにいった。

「僕は全然、暇です」

聖一の物言いに義姉は口元に手を添えてほほえんだ。そのしぐさにくわえて、豊かな頬やすぼめた口元に愛らしさがあった。二人は近くの喫茶店に入った。

義姉は席に座るなり、待ちかねたように口を開いた。

「うち、いっぺん、聖一さんと話したかったんよ。和江ちゃんだけは内緒でよく家に来てくれてね。お義母さんやお義父さんのようすをいろいろ教えてくれるんやけど、弟は何を考えてるのか、私にはわからへんというしね。耕ちゃんかて兄弟やのに同じことというてね。うち、聖一さんとだけはまだいっぺんも話したことないしね。いつか機会があったら絶対声かけてみようと思ってたんよ」

聖一はひそかにこれまでの兄たちとの関係をふりかえって、ほとんど心の底からことばを交わしてこなかったことに気づかされた。なぜなのか。最近になって思いあたることがあった。ちいさい頃から、耕一とくらべられてきた。

「兄ちゃんは器用やのに、お前は何をさしても不細工で、無器用な子や。いっつもぼんやりして夢みたいなことばっかり考えてからに、もっとしっかりせなあかんで」

兄の耕一は小学生時代から野球に夢中になり、将来はプロ野球選手になるんや、と公言していた。それに機械いじりが好きで自転車や単車修理まで持ちこまれるほどだった。

反対に聖一は部屋の隅で本を読み、時折、惚《ほう》けたように天井を見あげたり、頭を垂れて思いにふけるような少年だった。母親の初江は、そうしたことを逐一あげつらうようにいった。耕一や姉の和江も同じようにいった。それゆえに聖一は二人を敬遠し、話しかけられても生返事しかしなくなった。それ二人が弟は何を考えているのかわからない、というのはそのせいだろうな、と聖一は推察した。それにくわえて、耕一はけがをして野球ができなくなった高校二年生の頃から荒れだして、夜遊びや喧嘩に明け暮れるようになった。聖一はそのせいで、耕一をますます遠ざけて来たと思う。その後、就職して落ち着いて来た兄だったが、聖一にはそれまでのこだわりの余韻があった。兄が同棲を経て所帯を持ち、子どもが生まれたことを耳にしてもほとんど関心を向けて来なかった。

「僕、あんまり話すこともないし」

聖一はいいわけがましい口ぶりになった。

「うち、そんな話聞くと寂しいねん。せっかく家族がおるのに本当の気持ちいいあわな」

義姉は家族の大切さを心をこめて話した。

「うちは聖一さんとも話したかってん。お義父《とう》さんやお義母《かあ》さんにもいつかきっとわかってもらおうと思てるんよ。子どもね、今、二歳やねん。孫の顔見たらきっとお義父さんやお義母さんも喜んでくれはると思うねん。聖一さんにも似てる所あると思うのよ」

義姉は鼻声になり、やがて身の上話をはじめた。

「うち、耕ちゃんが一緒になろうというてくれた時、最初、断ったんよ。うち、在日やもん。絶対、反対されるに決まってるもんね」

聖一は思わず聞きかえす姿勢になった。自分の周りに在日朝鮮人の人たちや高山などの友だちはたくさんいた。想いを秘めている金城啓子もそうなのだ。でも他人事だった。それが突然のように身内のこととして飛びこんできたのだ。聖一は自分の胸の内で起こった波紋をどうとらえようかと、思いを凝らした。義姉は聖一の気持ちを見透かすようにいった

「聖一さんも、うちが在日やいうことでショックを受けたでしょ」

「ぼ、僕は、そんなん」

聖一はどもってしまい、自分に腹を立てた。

「ええねん。正直にいうてくれて」

義姉はちょっと顔をしかめ、笑顔をとり戻した。

「お義母さんね、うちが駅前の飲み屋で働いてて、水商売やからと反対してはったんやけど、耕一がそこまでいうんやったらと認めてくれそうやったんよ。そやけど、うちが在日やとわかってから絶対にあかんいうてね」

義姉は大きく息を継いでストローでジュースを干した。聖一は自分の反応で義姉を傷つけたことを精いっぱいわびる気持ちをあらわそうとした。

「僕、義姉さんらのこと、これからは絶対応援するから。何かあったらいってほしい」

聖一はとってつけたようないい方になったことを自覚して赤くなった。義姉はこだわりなく礼をいってから目をしばたたかせた。

「そやけど、和江ちゃんもそういうてくれてね。それにお義父さんもこの間、元気でやっとるか、孫の顔見たいいうて電話くれはってね。うち、それだけでもうれしゅうて」

義姉の黒目がちな大きな瞳がぱっと輝き、健康そうな真っ白い歯をのぞかせた。

義姉が忘れ物でもしていたように唐突に告げた。

「あっ、うちの名前ね。日本名は金本時子で本当の名前はチェ・ウヒというんよ」

聖一は義姉がメモしてくれた「崔銀姫」を見て美しい名前だなと思った。

「耕ちゃんはね、銀姫がお前に似合っとるというてくれるんやけど、やっぱり日本名でないとどこも雇ってくれへんしね」

義姉は耕一のことばを口にした時は幸せそうな目をし、そのあとは肩をすくめて鼻頭にしわを寄せた。

聖一は外国人登録やその際の指紋押捺《おうなつ》制度のことは高山の件で知った。その折は、「何でそんなことせなあかんのや」と、声を大にしたものだったが、そんな法律があるんやな、という程度の認識に終わってしまった。でも、たった今の義姉の話には、胸の中がじりっと焦げるような理不尽さがあった。

——自分の本名を名乗れないなんて——

聖一は義姉に在日と告げられた時の動揺した自分を自覚して、二重のやりきれなさに襲われた。そのため強い贖罪《しょくざい》意識に動かされて、義姉夫婦を断固応援しようと思った。

「耕ちゃんね、やさしいんよ」

義姉は耕一とのなれそめを話した。

「耕ちゃんとは小学校から中学まで同級生だったんよ。うち、朝鮮やといわれて虐められてたけど、耕ちゃんはいっつもかばってくれてね。うち、うれしゅうて、その時のことよう覚えてるねんよ」

義姉は豊かな胸元にそっと手を添え、長いまつげをしばたたかせた。

「中学を卒業して五年ほど顔もあわしたことがなかったんやけど、うちが鶴橋駅近くの飲み屋で働いていた時にばったりとであったんよ」

その頃の耕一はポンプ機械製造会社に勤めていたが、夜遊びがすぎて給料は一週間ももたなかった。そのため、おふくろに小遣いをせびってはいい争っていた。服装も派手で街のチンピラみたいだった。

「それから店によう来てくれるようになってね。一緒に映画見たりするようになって」

義姉は耕一とつきあいはじめてから、「何であんなにかばってくれたのか」とたずねたという。

義姉から聞かされた兄耕一の話は聖一の知らないことばかりだった。

兄耕一が里子にだされていたことぐらいは承知していた。でもそこで受けた仕打ちについてはたった今、耳にすることばかりだった。

隣りの県の農家に跡とりがおらず、三歳の時、請われて養子を前提に預けられていた。だがその後、実子の男子が生まれるや邪険にされ、火傷を負わされたり、雪の庭に夜中に放置されるなどの折檻や、食事にも事欠く目に遭っている。耕一はそのことをずっと恨んでいたと、義姉に告白したという。

初江は耕一に、「お父さんは召集されて空襲は激しゅうなるわ、食べ物も十分ないし、赤ん坊の和江を抱えて、あんたを預けるしかなかったんや。農家やったら空襲に遭うこともないやろし、食べ物にも困らんやろうと思て」と必死に弁解したらしい。だが、耕一は、「俺は捨てられたんや」と辻の家に戻って来て以来、ずっとおふくろを責め続けて来たという。

聖一はそこまで聞いて、おふくろが聖一にはきつくあたるのに、耕一には我がままを通させる理由がやっとわかった気がした。

「そやけど、あの人、子どもができてからかわって来たんよ。子どもの顔見ててね。こんな可愛いやつを人様に預けるなんて、おふくろも辛かったやろな、というんよ。それで、絶対、おふくろに俺らのこと認めさせるんや、そのために俺、もっと、もっとがんばるわというてくれてね」

義姉は耕一の里子体験と現在の心境の変化についてふれたあと、「ごめんね。話があっちこっちに飛んで。耕ちゃんが、うちをかばってくれたのは何でやったんかという話やったね」とそっと目元を拭った。

「耕ちゃんね、里親に差別されて辛い目に遭《お》うて来たから、差別するやつを見ると、絶対許せんかったんや。そやから金本は俺が守ったらなあかんと思ってた、というんよ。うちのために何人も相手に喧嘩してくれてね。そんなこといわれたことないからうれしゅうて、その時、泣きたいぐらいに好きになってね」

義姉の満面には、一途に耕一を想う気持ちがにじんでいた。義姉のきらきらした瞳を見ていると、こちらまで幸せな気分にさせられた。

「うち、耕ちゃんと一緒になれて幸せやし、がんばれると思うんよ。そやから今、美容師の勉強してるんよ」

義姉はたった今の耕一との生活を語りながら、今までの生い立ちについても告白してくれた。

済州島出身の義姉の両親は戦前に日本に渡ってきて、母は行商、父は土工として働き、兄と義姉が生まれた。父は故郷に帰りたいと兄を連れて戦後すぐ帰国した。母と義姉があとから続くはずだった。だが、一九四八年四月、米軍の黙認のもと、軍と警察、右翼青年団による住民虐殺事件が起こり、島民の約三分の一が葬られた。それに巻きこまれたのか、その後の朝鮮戦争で命を落としたのか、父と兄は消息不明のままだった。それ以来、母は鶴橋でキムチなどを売り義姉を育ててくれたという。

「うち、早よお母さんを楽にさせたかったし、その頃病気でお金がいって、昼間は工場に勤めたあと、夜は飲み屋で働いていたんやけど、耕ちゃんが店にきた時はびっくりしてしもてねえ。耕ちゃん、その頃、遊び人風やったからちょっと警戒したんやけど、お義母さん大事にしいやいうて、お見舞いまでくれてね。今は、美容師の勉強がんばりやというて、子どもの世話もようしてくれるしね」

義姉は耕一のいろんな面を教えてくれた。

「耕ちゃんね、お義母さんのことね、気がきつうてうるさい人やけど、根はお人好しなんや、というてるんよ。俺、他所の家に預けられたことがまだこだわりになって、つい乱暴な口利いてしまうけど、いつか、もっとやさしい気持ちで話したい、というてね」

義姉の声がくぐもった。義姉はそれに続けて聖一のことにもふれた。兄耕一が聖一評を義姉に語っている内容を聞かされて、意外な感に打たれた。耕一は普段、聖一を無視しているとしか思えなかった。

「耕ちゃんね、あいつは何させても無器用やけど」

義姉は前置きのまずさにあわててつけくわえた。

「そやけど、あいつはよう本を読んどるし、頭はええんや、というてね。それにからっきし運動が苦手やのにあの痩せた体で柔道なんかはじめてやり続けとる。あんなに根性のある奴《やつ》やとは思わなんだ。俺、弟見なおしとるんや。俺と違《ちご》てあいつはきまじめすぎていかんのやけど、その点お前とは気があうんと違うか。これから仲ようできると思うでと、この間も聖一さんのうわさをしてたとこなんよ」

義姉は伝えたいことがようやく口にできて満足したように、胸の前で軽く手をあわせた。聖一は兄耕一には、いつも乾いてこすれあうような肌のあわない思いを抱いてきた。それが今、しっとりとした潤いを帯びてくるのを覚えた。

聖一は義姉の伝えてくれた話に、「これからよろしくお願いします」と心をこめて礼をいった。

「こ、こっちこそ。うちなんかが義姉さんで悪いけど」

義姉は今度は手を交叉させるようなジェスチャーをまじえてどもるようにいった。そのしぐさに子どものようなあどけなさと愛嬌があった。

「僕、絶対、応援するから」

聖一はもう一度同じことばを口にしたが、「ありがとうね。和江ちゃんもそういうてくれてね。何度かうちにきてくれて、お義母さんのようすも聞かせてくれて、うちと橋渡しをしてくれてるんよ」と姉の和江の動きもはじめて知った。耕一と和江はなぜか気が合った。そのために聖一はよけいに二人に弾き飛ばされている思いがあった。でも、今は和江が耕一夫婦と初江たちとの仲をとり持っていることが素直にうれしかった。

聖一は義姉とはほとんど初対面なのに打ち解けているのが不思議だった。義姉には、こちらの気持ちをふんわりと包みこむ真綿みたいな安らぎを感じさせるものがあった。聖一にはそれは母親と二人きりの在日としての苦労に耐えて来た芯の強さ、他人の痛みがわかる感じやすさのせいかもしれないと思えた。それに小柄だが、骨組みがしっかりしていて肉づきのよい体や、笑うと盛りあがる豊かな頬、きゅっきゅっとよく動く瞳が聖一に心安さを覚えさせた。そうした気分に誘われ、在日という共通点もあってか、金城啓子への想いを思いがけず口にしてしまった。

「僕、好きな子がいるんやけど、その子、在日やねん」

「きっとかわいい子なんやろね」

義姉はさらりと受けとめてくれた。聖一は気が軽くなってさらに告白した。

「そやけど、一度も口利いたことがなくて」

聖一はつくづくと自分のふがいなさを思った。

「あのねえ。思っているだけではだめなんよ。伝えてあげないとね。好きやいわれて悪い気のする子なんておらへんのよ。かっこうつけないで、だめもとで体あたりの心が肝心。だめもとの精神よ」

義姉のはっぱに、自意識過剰、そのことばがやはり脳裡に上って来た。聖一はあらためて自分を金縛りにしているものを強く自覚した。義姉の助言に、よしっ、と腹に力を入れ、兄貴、ええ人と一緒になったな、と独りごちた。

放課後、下校すると家の手前の大通りに数台の消防車がとまっていた。回転灯の赤い光と人だかりで騒然とした名残りがあった。聖一は、近くで火事があったのだな、と野次馬の目でながめていたが、消防車のホースは自宅前の路地にのびていた。そこには車は入れず、表通りからひっぱりこむしかなかったのだ。ホースは長屋の一番奥までのび、砂利敷の路面は聖一の家の隣り、お菊婆さん宅の前まで水浸しだった。鞄を抱えてそっと路地に足を踏み入れた。聖一の家の前あたりに人がかたまっていた。お菊婆さんにコロッケ屋の児島、看板屋の蜷川と母親の初江だった。聖一は通行をはばまれた形になって、しばらくその話し声に耳を貸すしかなかった。

「仏壇のローソクの火が移ったそうや」

「ぼやでよかったで。手遅れになってしもたらこんなぼろ長屋なんか、いっぺんに燃えてしまうわなあ」

話の輪の中に八の字髭《ひげ》の大家の蔵田が、「こんなぼろ長屋で悪かったなあ」と首を突っこんだ。いつも着流し姿で、たな賃を集めにまわっては長話をした。

「旦那さん、去年亡くなったばっかりやのに、娘さんと体の弱いお母はんとで大変でっせ、なああんた」

お菊婆さんはあんた、と呼びかけるくせがあり、絶えず襟元に手を添えて、首を鶏みたいに前後にのび縮みさせるしぐさを交えた。初江はいつもはお菊婆さんをうるさがっているのに、今日はしんみりとした表情で受け答えをしていた。そこへ蔵田が無神経なことばを吐いた。

「ほんま難儀なことをしてくれてのう。家賃は滞るわ、その上に火をだしてくれてやな」

蔵田は秋だというのに扇子で風を胸元に送ってせわしなくいった。

「あんたなあ、こんな時にいうてええことと、悪いことがありまっしゃろが」

「ほんま、何ちゅうことをいいまんねん。気の毒なあの二人はこれからどうするんやろ、と心配してあげるんが人間というもんや。蔵田さんがいっつも大事なたな子やといわはるのは口先だけのことでっか」

初江も追いかけるように責めた。

「そ、そんなつもりとちゃうがな。そやけど、火事だされたら何もかもわややないかい。お前らとこも住めんようになってたところやったんやぞ」

蔵田は髭を震わせて抗弁した。

初江たちは蔵田を囲んで口々に批難した。

「いいわけはやめた方がいいですよ。私らご近所でこれからどう力になれるか考えなきゃあ、と話しあっていたところなんです」

蜷川が、火が点いていないパイプをしゃぶるようにしていさめた。

「ほんに、こんな時こそ、長屋一同で応援せなあかんというもんやろが」

児島がそのあとに続くと、初江やお菊婆さんが蔵田にあてつけるようにちいさく拍手までした。蔵田は髭下の厚い唇をゆがめて皆の顔を見回してから、「あと始末に銭だすのはこのわしやぞ。お前らはちびっとの家賃さえ遅れるのに、えらそうなことをいうてくれて、そういうのやったら銭だしてくれるんやな」とすごんだ。

大家の蔵田が金銭の負担の話をだしたので、その場の四人は一瞬、黙ってしまった。蔵田は切り札のセリフが効果があると見て、再び腹を突きだしていった。

「銭もださんと、好きなことといわんといてほしいもんや。大家ちゅうもんは、ちょっと何かいうたら家の修理なんかで銭がどんどんでて行きよるんやからな」

蔵田は歌舞伎役者のように見栄をきるしぐさまでした。これにはお菊婆さんが黙っていなかった。

「あんた、銭、銭いうて、それしか頭にないんか。人間には人情いうもんが大切でっしゃろ。なあ、あんた」

「ほんまや。銭、銭いうてせちがらすぎるで」

児島も我慢できずに口をだした。

「確かに、修理にお金がかかることはいわれる通りですけど、今は火事をだした山本さんの気持ちを考えてあげませんとねえ」

蜷川が冷静な口ぶりでいい添えた。

「お前さんらがどういうても、実際は銭がのうては何にもできんがな。人情だけで食べていけるんやったら世間は楽なもんやろうが」

蔵田は自説の強みに自信を得てか、鼻先でわらうような物言いをした。それに食ってかかったのが初江だった。

「銭、銭いうて、何やのん。黙って聞いてたら山本さんに気の毒やというひと言もあらしまへんがな。人間、人情や。銭ぐらいうちがだしたるわ」

聖一は初江の啖呵《たんか》に目を丸くした。

聖一の目から見たら、けちで他人のことなどまるで眼中にないのが日頃の初江の態度だった。口ぐせは、「他人を信用したらあかん。お人好しでは生きて行かれへんで」ということだった。その初江が吐くことばとは思えなかった。聖一は初江があとで後悔しないか心配だった。それは初江の顔にも、感情のままに放言しすぎた後悔みたいなものがにじんでいることで感じられた。それでも初江は強気を見せて、「山本さんとこ、当面、皆で助けてあげな」といいきった。

聖一は、初江の断言を危ぶんだ。

蔵田が「そんなにええかっこいうんなら、お前らで面倒見たったらええやないかい。わしは大助かりや」と渡りに舟とばかりにすたすたとその場を離れてしまった。とたんに四人は顔を見合わせた。

「わてとこはじいさんが寝込んでるしなあ」

「俺とこは一階がコロッケの材料と機械でいっぱいやし、二階は物置みたいになっとる」

「私の所は看板がいっぱいで、足の踏み場もないし」

三人は声をあわせて初江の顔を見つめた。

いわんこっちゃない。声の大きい、その場の雰囲気に飲まれすぎた者にお鉢がまわってくる。初江がいっていた通り、お人好しが損をする。まさに日頃の初江の主義とはまったく反対の立場に追いこまれてしまっていた。聖一は初江がどうするのか、はらはらして見ていた。

「わかってま。うちでお世話しますがな。困った時こそお互いさまですがな」

初江はすこしむきになったような口を利いた。聖一はそのセリフが信じられなかった。初江は何処《どこ》で変身してしまったのかと首をかしげた。

夕刻、初江は清次郎が帰宅するなり宣言した。

「山本さんとこ、明日からうちに泊まってもらいますさかいにな」

清次郎はぼや騒ぎの報告にくわえての初江の弁にただ口を開いたままだった。初江は構わず続けた。

「ぼややいうても、家のほとんどは水浸しや。今晩は濡れてない二階の一間でしのぎはるけど、跡片づけと他の部屋が乾くまでの間、うちの二階の六畳の間を使《つこ》てもらおうと思てます」

初江はどこまでも一方的だった。日頃のおしゃべり相手の和江も相談に預かっていなかった。

初江の突然の発案に、清次郎と和江は渋々うなずいた。だが、聖一は「二階の部屋やて。僕は嫌やな」と口を濁した。

「何いうてるんや。一階はお父ちゃんの道具箱やらで寝るとこあらへんやろが。兄ちゃんもおらへんのやさかいに、六畳の間が空いてるやろが」

初江は有無をいわさなかった。和江が加勢してくれるかと思ったが、「うちはええよ」とあっさりとしたものだった。清次郎の表情をうかがったが、ちいさくため息をついているだけだった。それよりも早く風呂にでも入って一杯やりたい顔をしていた。

聖一は初江の善意は評価し、大いに手助けするつもりはあった。でも、今一番の不満は、ひと言相談してほしいということだった。いつも先回りして決めつけ、押しつけて来る。それゆえに抵抗する気持ちが働いた。黙りこんでしまった聖一に、初江が「困ってる人を助けてあげるのはあたり前やろが」と強くいって両膝を打った。

「晩御飯食べたら二階片づけるの手伝ってや」

初江は話を打ちきるように提案した。

「僕は友だちと会う約束があるんや」

聖一は嘘をついた。ささやかな抗議のつもりだった。清次郎はやれやれというように背を丸めて立ち上がった。初江が台所に立つと、清次郎は聖一の耳元で「おかんに何いうても聞かんさかいにな」とささやいた。そのあと、「まあ、そやけど今回は人助けのことやからええんとちゃうか」と肩を叩いた。

聖一は清次郎と気持ちが通じていることがわかってすこし気が済んだ。聖一が二階にあがろうとすると初江が呼んだ。

「聖一、ちょっと寿司買って来てくれるか」

その声にぱっと反応したのが聖一と清次郎だった。盆と正月ぐらいしか膳にのぼらないメニューだった。聖一はそのひと言で気分がかわり、他愛なくつばを飲みこんだ。清次郎も「今度は、どういう風の吹きまわしや」とほくほくした表情でいった。聖一も何となく顔をほころばして初江の傍に行った。初江は聖一の反応に「あほ、あんたに食べさすんとちゃうで。あんたらにはちゃんとおからに鯖《さば》の煮付けがあるんや。寿司は山本さんとこに届けてあげるんや。早よ、行ってくれるか」

聖一は落胆した。清次郎の舌打ちも聞こえてきた。

寿司があたらないことがわかって、聖一が唇を突きだすと、「あのなあ。山本さんに元気つけたげなあかんやろが。上の鮨《すし》二人前やで」。初江は「上」を強調した。

自前用には「並」しか注文したことがなかった。聖一は普段と全く違う初江のことばに首をかしげながら、自転車にまたがって走った。

寿司の折箱を持って帰ると、近所の人たちが集まっていた。

お菊婆さんはほうれん草のおひたしときんぴら牛蒡《ごぼう》。児島は商売用のコロッケ。蜷川は具沢山の味噌汁を小鍋に入れて上がり框《がまち》に置いた。それらを目の前にして、初江が音頭をとった。

「ほな、皆で早いとこ、山本さんとこへ届けましょか。お腹すかせてはるやろしな」

「辻さんとこ、寿司やなんて張りこみはったなあ。えらい散財や。旦那さんが儲けて来はるさかいにな」

お菊婆さんがあけすけにいった。

「何いうてますのん。こんなことぐらいで。これで元気つけてもろたらうれしいことですがな」

初江はのけ反るような姿勢になって口元に手を添え、日頃にない、頭頂に抜けるような声で応じた。

「わしとこはコロッケしかないのやが、まあ、これで辛抱してもらうしかないわ」

児島がしきりに頭を掻き、肩をすぼめるようにした。

「僕とこだって味噌汁程度ですからねえ。女房が病気なもんで何もできなくて」

蜷川もいい訳がましくいった。

「人間気持ちが大事でっしゃろが。そうでっしゃろ。なあ、あんた」

「そうでっせ。皆でそれを表してあげることが、元気づけることになりますんやから。自分のできることをしてあげたらええのとちがいますか」

お菊婆さんのあとに続けて、初江が皆の背を押すようにいった。


二日後、山本母娘は親戚の家に移って行った。その間、初江は山本の家の中の片付け、洗濯、食事の世話などに一生けんめいだった。山本が辻の家を去る時には、「またここへ帰って来てね。力になりますよってに」と同じことばをくりかえした。

聖一はぼや騒ぎをめぐる初江や近所の人たちの動きの中で、胸奥で微妙に変化するものがあった。お菊婆さんはおせっかいで暇があったらうわさ話にうつつをぬかし、鶏がらみたいな体つきにも嫌悪感を覚えた。児島にはよく怒鳴りつけられ、「こら、商売もんのジャガイモにボールを放りこみやがって」と頭を小突かれ、小学生までの聖一には気難しいがみがみおやじだった。蜷川は長身で、ベレー帽にパイプ姿がかっこよかったが、近所の人たちとのつきあいは薄く、避けているようにも思えた。なのに、今は皆が気持ちをひとつにして山本のために善意を表していた。何よりも、聖一の中で天地がひっくりかえるほどの印象の激変があったのが初江に対してだった。

「お人好しでは生きていかれへんで」

口を開いたらそれしかいうことがないのか、とあきあきしていた。なのに、この二日間、身を粉にして山本の世話を焼いていた。いつもなら、「お父ちゃん、酒のあて用意しとかなうるさいさかいに」と忘れることはなかったのに抜けていた。聖一は、清次郎のための膳の支度が整っていないことで、その仏頂面を想像してうっとうしかった。そのため清次郎が帰宅すると機嫌をうかがうように話しかけた。

「おふくろ、どうしたんやろなあ」

清次郎の返答が、また聖一を驚かせた。

「あいつにはそういう所があるんや。普段はきついし、銭は一銭の金にもうるさいけど、他人様がほんまに困ってる所を見ると放っておけん質《たち》なんや。わしの嫁はんやのにまだわからんとこがあるわ。あいつは熱うなったら見境なくなるからな。まあ、人様を助けるいうんは悪いことと違うからなあ」

清次郎は意外に淡々とした口調だった。聖一は清次郎の初江の性格分析がよく飲みこめず、首をかしげた。清次郎はしかし、笑顔さえ見せていった。

「人様の世話してるおかんの顔見てみ。あの大きな目がきらきらしてたやろ。あの目がええんや。それに一生けんめいなところも可愛げがあると思わへんか」

清次郎の口からこれほど初江をほめることばが飛びだすのを聞くのははじめてだった。清次郎と初江のやりとりのほとんどは所帯のやり繰りをめぐるけち臭い話ばかりだったのに、普段いうこととえらい違いや、と清次郎の初江評にすこしあきれ、くすぐったさにも襲われた。

第十一章　大阪環状線

清次郎の初江評を耳にしていると、清次郎と初江には、二人だけの気持ちのやりとりがあるのだな、とほのぼのとしたものがこみあげて来た。そうした思いにひたっていると、幼い頃の近所の人々とのふれあいもよみがえって来た。

いたずらしては初江に追いかけ回された時、お菊婆さんは「初江さん、それぐらいでやめときなはれ」とかばってくれて、おやつまでくれた。児島は、聖一が学校から下校してくると、「腹減ったやろう。これ持って帰って食え」と時折、揚げたてのコロッケを包んでくれた。蜷川は絵の話をよくしてくれた。

近所の人たちとのエピソードや、清次郎の話してくれた初江の別の面といい、人を上っ面だけでながめていてはいけないんだ、とかみしめるものがあった。おやじだって、仕事場では凛《りん》としていて、クラシック音楽を好み、ゴッホやピカソが好きでひとり美術館を訪れている。おふくろがいうように、酒を飲んでくだばかり巻いているわけではなかった。

義姉が語ってくれた耕一兄のことにも思いが及んだ。僕のことを馬鹿にしたことしかいわんかったのに、僕を努力家で、頭がええといってくれているという。それに子ぼんのうで、いつか二人のことを認めさすのやと、がんばっているとも聞かされた。聖一は一番身近な家族や周りの人たちのことを何も知らなかった、という強い思いにかられた。

――僕は、自分勝手に腹を立て、皆を遠ざけていたのと違うのか――

聖一は己に問いかけたが、すぐに素直になれそうにもなく、すこしずつ努力していこうと思った。

聖一は三年生になった。今度は小坂と同じクラスになり、高山とは別になった。高山は就職組に編入され、聖一たちは進学コースとして集められた。

小坂はロシア文学を勉強したいと志望大学を明確にしていた。聖一にはそうしたはっきりした意志はまだ固まっていず、社会にでて働くことへの不安感が大学進学の動機ともいえた。

それにくわえて、自己存在の意味やこれからいかに生きていくのかという問題を、もうすこしゆっくりと考える時間がほしかった。そんなあいまいさを自覚して、すぐにでも家族を養うために働かなければならない高山などに引け目を感じもした。

高山は聖一や小坂に「まあ、おまはんらはしっかり勉強して、わいら庶民が楽できるように学問を生かしてくれたらよろしおまんがな」といつもの口調でいい放つが、やはり羨望《せんぼう》が交じっていた。そのことは小坂のことばに表れていた。

「あいつは昆虫の研究をしたいんじゃ。大学に行ったらええ昆虫学者になれるんやけどのう。まあ、わしらの学校で大学進学クラスは二割ほどじゃ。あとは卒業したらすぐに社会に揉まれるんじゃ。わしらはその二割に入っとる。感謝せなあかんじゃろうな」

聖一もそのことばには身がひき締まる気がした。でも、受験勉強に打ちこむ気にはなかなかなれなかった。小坂にしても、口では殊勝なことをいいながら、それに邁進《まいしん》しているようには見えなかった。それどころか、一枚のチラシを見せて集会に誘って来た。

「五月三日に憲法集会が扇町公園であるんじゃ。行ってみんか」

聖一はそれには関心が向かなかったが、小坂がいいだした心境変化に興味を持った。小坂の兄は京大生で学生運動に熱心だということだった。その兄は「あれを読め、この集まりに来い。この青年組織に入れ」と強引に押しつけて来るといった。小坂はそれに対して、「あいつは自分の正義を押しつけて来て、うっとうしいんじゃ」と距離を置き、斜めに構えてながめていたはずだった。その小坂の変身だけにすこし気持ちが向いた。

聖一は日頃の言動とは違う動きをする小坂に皮肉めいていった。

「へえ。どういう風の吹き回しや」

「アメリカのケネディ大統領が暗殺されるし、そのニュースが衛星放送とかで生放送みたいにテレビで流される時代じゃ。わしらも世の中のことよく見とかなのう」

小坂の血の気の薄い頬にほんのり朱がさしていた。

「渡辺先生らも組合として参加するというとった。それに神原なんかも行くそうじゃ」

小坂は反応の薄い聖一の気をひき立てるために知った名前をだした。聖一は高山も行くのか、と口にだしかけて思わず飲みこんでしまった。去年の体育祭の仮装行列の水爆マグロ扮装の一件からして、こうした場に高山が参加するわけがなかった。高山らは常に身分証明書を携帯する義務があり、いろんな権利が制限されている。そのことが強く意識された。

五月三日の集会には古川孝二からも誘われていた。今年の正月に、久しぶりに孝二と顔をあわせた。あいかわらず山に熱中していたが、「俺、電電公社に就職するつもりや」と進路をはっきりさせていた。

その日も母親の佳代に焼肉を勧められて舌鼓を打ち、他愛ない会話に終始していたが、孝二のことばの端々に進路を決めた落ち着きがみられた。聖一は孝二を前にして、大学に進学するにしても、何を学びたいのかをはっきりさせなければと強く思った。

孝二は、聖一の帰り際にそっとチラシを差しだした。文面には〝交流しよう。我ら高校生！ 歌って、語って考えよう。憲法のこと。社会のこと〟のゴシックの文字があった。その下に主催の青年組織の名が記されていた。聖一はその時、孝二はまた変な所に首を突っこんだのか、といぶかしんだ。

「お前、また何かはじめるんか」

聖一があきれぎみにたずねると孝二は強くいった。

「俺らも世の中のこと、しっかり考えなあかんのや。何で戦争が起こるのか。俺が何で満州で生まれたのか。何で一生けんめい働いても貧乏なままなのか。皆と話しているといろんなことがようわかるんや」

孝二の口調には、やはり思いこんだら一途といった熱さがあった。久しぶりの印象には、ずいぶん大人になった落ち着きを感じたが、ひとつのことにのぼせる面はやはりかわらないと思えた。聖一は孝二のようすに危なっかしさを感じ、ほどほどにしとけよ、と口にしかけたが、何もいわなかった。孝二の頭の中は思いこんだことでいっぱいで、聖一のいうことは受けつけないだろうと、わかっていたからだった。

今、小坂から、五月の憲法集会に声を掛けられて、正月の孝二とのやりとりとも重なって返事に迷った。孝二の誘いには、青年組織とかいうものに関わる警戒感があって、結局断ったが、やはり孝二のいうことには心にひっかかるものがあり、その後は関心を持って世の中のことをながめるようになった。

毎日のように乗車している環状線の構内では、鉢巻きや腕章をした駅員が環状線の運転手をとり巻いて、腕を抱えて階段を上ってゆき、途中で揉みあいになっている現場に遭遇した。それに順法闘争とか闘争スローガンが掲げられた電車の運行がいつもよりゆっくりとしていた。

今までの聖一なら、駅員同士で喧嘩しやがって、電車はのろのろ動かすし、と迷惑がるばかりだった。だが、近頃は、ええ大人が何でそんなことをするのか、と考える目で観察するようになった。世間の出来事に関心を持ちはじめると、思わぬことに目を奪われた。この三月にはK高校前の府道でデモがあった。学校から東、二百メートルの所に税務署があり、人の群れはそこに向かっていた。

重税反対。納税者の権利を守れ！

聖一は放課後の時間だったので、野次馬気分で校門を飛びだした。歩道に三列に並んで人々が行進していた。先頭の二人が横断幕を掲げていた。そのひとりはどこかで見た顔だった。角張って浅黒い肌をしていて、唱和の中でひときわ声も高かった。聖一はようやくその人は駅前でひとり演説をしていた神原一郎の父親だと気づいた。

——弁護士やのにいろいろとやるもんや——

聖一は感心してつぶやいたが、人波の中に思わぬ人を発見した。孝二の母親の佳代の姿だった。重税反対の鉢巻きまで締めていた。小柄でひっそりとした雰囲気の佳代には似あわないと思った。佳代は皆にあわせて拳を突き上げ、受け口の唇を精いっぱい広げて唱和していた。聖一はその姿を目で追いながら、以前ふとした折に、佳代がため息をついてもらしたことに思いあたった。

「こんなお好み焼きや鉄板焼きのちいさい商売でも、税務署は売りあげには目を光らせているのよね」

クリスチャンだという佳代もこうした行動をするのだ、とその時、聖一には新鮮なショックがあった。自分の母親には、「庶民のわてらにはこの世間はどうにもならんのやさかいに」と社会の動きに目をつぶるようなことばかり吹きこまれてきた。聖一は考え行動する人と、諦め投げやりになる人との違いを見せつけられている気がした。自分はずっと、何をしても無駄だといい聞かされてきたのだ。自分の無気力さはそのせいもあったのかもしれない、という思いが針のように胸奥に刺して来た。

孝二のことばと、いつも深く物事を考え、示唆してくれる小坂の誘いだった。

「僕、行ってもええけど。これのことわからへんし」

小坂が見せたチラシには孝二がくれたものと同じ青年組織の名が印刷されていた。

小坂は青年組織のことを説明してくれた。聖一にはそれが全国的な「志」をひとつにする青年の集まりで、京大生の小坂の兄や高校生までくわわっていることだけはわかった。

「ほな、僕も行くわ」

聖一は小坂につきあうといった調子で返事をしたが、そうした気持ちになったのは、やはり孝二がしようとしていることを知っておきたかったからだった。中学時代からずっと孝二のすることを真似てきた。孝二がいるからがんばって来れたという思いは、高校三年生になってもかわらなかった。それどころか、普段、ほとんど顔を合わさなくなっているのに、時折顔を合わせ、短いことばを交わすだけでも心が全開になった。孝二はどんな時にでも心の支えだった。その孝二が惹かれた考えなら、すぐには賛同できなくても、すこしは理解しておきたかった。

その日は快晴だった。待ちあわせ場所の大阪環状線桃谷駅前には神原が目印の旗を掲げていた。青地に白い太字で青年組織の名が染め抜かれていた。

傍らにちいさなリュック姿の小坂が立っていた。二年生の時、同じクラスで体育祭の仮装行列の水爆マグロの扮装をめぐって、一緒に校長たちに抗議した島村もいて驚いた。聖一は彼らの顔ぶれをみて、きっと青年組織のK高のメンバーなんだな、と推察した。自分の知らない所でこんなグループができているのだ、と思うと、世の中はいろんな所で動いているんだな、という感慨があった。普段、ほとんど口を利いたこともない同じ学年や下級生もいた。女子生徒が三分の一はいた。意外に多い人数に、聖一は思わず顔を見回してしまった。

「じゃあ、改札に入ります」

神原がリードした。

環状線車内は旗竿を手にし、腕章を巻いた人たちで混みあっていて、集会に参加する人たちだとすぐにわかった。電車が動きだした。ゆれて押されるたびに女子生徒が黄色い声をあげた。明るく弾けるようなそれだった。ピクニックにでもでかけるように頬を上気させ、おしゃべりに夢中になっていた。普段無表情な小坂が脂っ気のない髪をかきあげながら、白い歯をのぞかせて女子生徒と話していた。神原には二、三人の女生徒が話し掛けていた。

聖一は小坂以外にまだ親しく話せる相手もいなかったので、車窓からの景色をながめていた。何かいつもと違う印象があった。

聖一は確かめるように東の空の生駒の峰まで目をこらした。特別かわり映えしたものはないようだった。でも、やはり違う感覚があった。しっかりと点検する目でながめると、気づかされるものがあった。

ぼんやりとながめていた今までの車窓からの風景は、べったりとした平屋建てのさび色の広がりだった。だが、今はあちこちに白い箱型の建物が筍のようにのびあがっていた。家並の上のテレビアンテナが雨のあとの雑草みたいに激増していた。

森ノ宮駅から京橋駅までの沿線風景もかわりはじめていた。砲兵工廠空爆跡の鉄の残骸の赤茶けた荒野はようやく整地がはじまっているようだった。不発弾処理の困難さで放置してあった広大な土地は、戦後十数年を経て公園に変貌すると聞いていた。聖一は沿線風景のかわりように、なぜか自分ももう昨日の自分じゃない、という気分がしてきた。京橋駅に着くと、どっと人が乗りこんできた。そのほとんどが緑のスカーフに旗、プラカードを手にしていた。どんどん車両の奥に押しこまれたが、お互いに笑顔を交わしあい、弾けるようなわらい声が車内に満ちた。

天満駅に電車が滑りこむと、満員の車内からほとんどが下車した。構内は人の洪水だった。

歌声も聞こえてきた。

♪若者よ　体を鍛えておけ

あちこちで湧き起こり、歓声があがった。それにしてもおびただしい人の群れだった。聖一は度肝を抜かれる思いだった。

こんなに大勢の人たちが思いをひとつにして集まっている。おふくろは、「皆、自分のことで精いっぱいなんや」というけれど、皆、てんで勝手に生きているわけじゃないんだ、という発見があった。それは口でどういっても、おふくろだって、何かあれば人のために走るんだ、ということをぼやき騒ぎの折に体験していた。聖一はそうしたことが確かめられて胸底からふくらんで来るものを感じた。人波に押されるようにして、大通りから公園に向かった。会場への長い列になり、やはり自然と周りから歌声があがった。

♪しあわせはおいらの願い　仕事はとっても……

聖一は歌詞を知らなかった。でも元気のでるメロディーだった。

歩きながら歌をリードする者がおり、歌詞が配られた。では次に〝どこまでも幸せを求めて〟を歌いましょうと、さすがに唱導するだけあって低いがよく透る声だった。

♪夕べ二人で歩いたことが……
どこまでもあの人と一緒に歩きたい
やさしいメロディーだった。若い二人がみずみずしく心結びあい、未来に向かって生きようとする詩。

――僕にもそんな人がでて来ますように――

それがどんな人なのか、想像もできなかった。なぜか金城啓子のイメージではなかった。聖一にとっては、彼女は手の届かないマドンナでしかなかった。

聖一にとっていつか手をとりあえる人と巡りあえるのは、自意識過剰な自分、目的もなく漂流して日々をすごしているような自分が克服できてからのことだろうな、と遠い先のことに思えた。

公園の屋外プールが見えてきた。数千人を収容できる施設だった。集会はそれを背にした広場で行われることになっていた。人の列は駅前からだけでなく、各方面から合流していた。

スピーカーを通しての歌声が、広場いっぱいに響いていた。続々と集まる隊列が唱和した。それにくわえて、人々の足音が地鳴りみたいに伝わってくる。自然と聖一は高揚してきた。小坂が傍らにいた。神原が前を進んでいる。聖一は孝二がきているかも知れないと思ったが、とても捜せる混雑ではなかった。

「はぐれたら、公園入口で待ちあわせじゃ」

小坂が耳打ちしてくれたが、いつものぼそぼそとした声でよく聞きとれなかった。たずねかえそうとすると、小坂はあとからの人たちにどんどん押されてしまい、聖一もさらわれるように離された。見失わないことだけを考えて人の流れについていった。

「混雑しています。隊列を整えてください」

スピーカーの案内に、突然、見知らぬ女の子が手をのばしてきた。どきどきした。でも女の子のほほえみに励まされて、その列に並んだ。広い会場には、密集した人と旗が林立していた。風が吹いて来た。爽やかな空気に包まれた。

——僕は案外、こんな場を求めていたのかもしれないなあ——

聖一の中に、昨日とは違う風が吹きこんでくるような気がした。聖一は拓かれてゆく自分を感じた。

草薙秀一（くさなぎ　しゅういち）
1946年兵庫県生まれ。作家、日本民主主義文学会会員。
主な著書に、『射光』（1995年、かもがわ出版）、日本民主主義文学同盟編『民主文学　小説の花束Ⅲ』（1990年、新日本出版社）所収「蜜柑畑」、「フイリピンからの手紙」（第5回『文化評論』文学賞受賞）など。

大阪環状線《おおさかかんじょうせん》

2020年 2月 15日　初　版

著　者　草　薙　秀　一
発行者　田　所　稔

郵便番号　151-0051　東京都渋谷区千駄ヶ谷 4-25-6
発行所　株式会社　新日本出版社
電話　03（3423）8402（営業）
03（3423）9323（編集）
info@shinnihon-net.co.jp
www.shinnihon-net.co.jp
振替番号　00130-0-13681

印刷　亨有堂印刷所　　製本　小泉製本

落丁・乱丁がありましたらおとりかえいたします。

ISBN978-4-406-06401-9 C0093　　Printed in Japan